Helmut und Margit Zenker

SCHUSSGEFAHR

Helmut und Margit Zenker

SCHUSSGEFAHR

Kriminalroman

Athenäum
1979

CIP-Kurztitelaufnahme der Deutschen Bibliothek

Zenker, Helmut:
Schussgefahr : Kriminalroman / Helmut u. Margit
Zenker. – Königstein/Ts. : Athenäum, 1979. —
ISBN 3–7610–8058–1
NE: Zenker, Helmut:

Umschlaggestaltung: Mendell & Oberer, München
Gesamtherstellung: Friedrich Pustet, Regensburg
Printed in Germany
ISBN 3–7610–8058–1

1

Der Funkstreifenwagen hält am gelben Streifen vor einer durch Rotlicht gesperrten Kreuzung. Über die Außenseite der Windschutzscheibe krabbelt bedächtig ein grauer Käfer. Er glänzt in der Nachmittagssonne. Im nächsten Moment wird er vom Scheibenwischer erfaßt, den einer der beiden uniformierten Polizisten im Wagen eingeschaltet hat. Der Käfer kollert auf die Motorhaube, kommt auf dem Rücken zu liegen und stellt sich gleich darauf tot.
Sirene und Blaulicht könnten unterbleiben, während Walter Webora und Robert Jellinek im Polizei-Volkswagen zur angegebenen Adresse in der Hellwagstraße fahren. Webora und Jellinek sind seit beinahe zwei Jahren eine der regelmäßigen Besatzungen der Funkstreife *Jonathan II.* Die Regelmäßigkeit wurde nur durch kurze Erkrankungen Jellineks und Urlaube unterbrochen. Webora lenkt den Wagen. Er ist 54, recht schmal, nicht besonders groß, höchstens im Sitzen, riecht nach Rasierwasser, seine Gesichtshaut ist ständig gerötet. Zwei Talgdrüsen auf dem Rücken, die eigentlich längst hätten aufgeschnitten werden müssen, zwingen ihn zu etwas vorgebeugter Haltung über dem Lenkrad, um den schmerzhaften Kontakt mit der Rücklehne zu vermeiden. Webora schweigt. Außer den Geräuschen des Motors sind nur das Pfeifen und Brummen des Polizeifunks und die fade, nie stolpernde Stimme des Sprechers zu hören.
Um 14 Uhr 20 wurden sie zu dem Unfall auf dem Handelskai gerufen. Vorher war Webora durchaus gesprächig. Meistens berichtet er von seiner Frau Herta Katharina, knapp über 30, ziemlich ausführlich berichtet er, vor allem über die von ihr praktizierte Phantasie auf sexuellem Gebiet. Wenn nur die Hälfte der Erzählungen stimmt, behält Jellinek für sich, müßte sie Olympia-Turnerin sein.
Der Fahrtwind bläst den Käfer endgültig vom Auto. Jellinek, unverheiratet, 26, übergewichtig, sitzt in seiner üblichen Haltung auf dem Beifahrersitz: linke Hand auf dem

linken Oberschenkel, die rechte Hand in der Plastikschlinge zwischen den Seitenfenstern. Jellinek, in seiner Freizeit fast ausschließlich Hobbykoch, duftet immer nach irgendwelchen Gewürzen; an drei von fünf Tagen nach Majoran.
Seit 11 Uhr sind die beiden im Dienst. Im Bezirk gab es die *gewöhnlichen* Vorfälle: ein Ladendiebstahl im Konsumgroßmarkt, ein aufgeregter Kontrollor der städtischen Verkehrsbetriebe mit einem eingeschüchterten, türkischen Schwarzfahrer, eine geringfügig am Fuß verletzte Passantin, die von ihrem überdimensionierten Schäferhund Fritz gegen ein vorbeifahrendes Mofa gezogen wurde. Im Augarten *randalierten* ein paar Jugendliche (das heißt: sie spielten Gitarre ohne Genehmigung) und erschreckten damit einerseits einen Hundebesitzer, der *augenblicklich* die Polizei antelefonierte, andererseits mehrere Eichkätzchen, die nicht telefonierten.
Dann kam die Unfallmeldung über Funk. Die Streifenwagen *Jakob I* und *Wilhelm* befanden sich bereits am Unfallort, als Webora und Jellinek eintrafen. Ein Auto der Marke Opel, Typ Ascona, war zuerst (nach übereinstimmenden Augenzeugenberichten) gegen ein Verkehrsschild (Tempo 50), danach gegen den entgegenkommenden Lastwagen einer Möbelfirma geprallt. Der Wagen wurde gestaucht, zurückgeschleudert, landete auf dem Dach und fing rasch Feuer. Der winzige Feuerlöscher, mit dem der nur leicht verletzte Lastwagenfahrer ankam, erwies sich als funktionsuntüchtig. Der Motor des Opels explodierte. Dennoch konnte das Feuer von anderen Autofahrern mit schweren Decken bald gelöscht werden. Der Tank des Opels war offensichtlich leer.
Der Fahrer mußte von der Feuerwehr mit Schneidbrennern aus dem Wrack geschnitten werden. Der Rettungsarzt stellte fest, daß der Mann *höchstwahrscheinlich* schon vor dem Ausbrechen des Feuers tot war: Quetschungen im Brustbereich, Schädelzertrümmerung. In der zum Teil verbrannten Jacke des Toten auf dem Rücksitz wurde ein Füh-

rerschein gefunden, ausgestellt auf den Namen Herbert Kahlbeck, und ein ansonsten leeres Fahrtenbuch, das den gleichen Namen und eine Adresse im 20. Bezirk enthielt. Der Rettungswagen nahm schließlich den durch die Explosion doch schwerer verletzten Lastwagenfahrer mit.

Hellwagstraße vier bis acht ist ein etwa zehn Jahre alter Wohnblock mit Genossenschaftswohnungen. Jellinek ist als erster aus dem Auto gestiegen. Er will schon über das Trottoir zum Haus.

„Stiege zwei", liest er von seinem mitgebrachten Zettel ab.

„Zusperren", sagt Webora mit einem beiläufigen Blick zur rechten Wagentür. Jellinek dreht sich um, macht die paar Schritte zurück und versperrt den Polizeiwagen. Letzte Woche ist die dritte schriftliche Erinnerung (in Form einer Ermahnung) eingetroffen, die Dienstfahrzeuge unter allen Umständen abzuschließen; auch bei nur kurzfristiger Entfernung von den Fahrzeugen. Im vergangenen Jahr sind drei Funkstreifenwagen gestohlen worden. Einer ist überhaupt nicht mehr aufgetaucht.

„Tür drei", sagt Jellinek, als sie bei der richtigen Stiege ankommen.

„Wenigstens kein Suchbildrätsel", meint Webora. Links neben dem Hauseingang ist ein unübersichtliches Namens- und Türnummernverzeichnis mit rechteckigen Klingelknöpfen angebracht. Webora läutet an.

„Ja", meldet sich eine krächzende, weibliche Stimme über die Gegensprechanlage.

„Hier ist die Polizei", sagt Webora und beugt sich zum eingebauten Mikrophon. „Entschuldigen Sie. Können Sie uns aufmachen?"

Die weibliche Stimme ist nicht mehr zu hören, nur ein kurzer Summton. Jellinek drückt die Eingangstür auf. Die Wohnung Nummer drei liegt im Hochparterre. Eine dünne Frau, 35 vielleicht, mit sehr kurz geschnittenen, schwarzen Haaren, steht auf der geflochtenen Türmatte vor der Woh-

nungstür. Sie steckt in einem grasgrünen Kostüm. Lustige Augen hat sie, stellt Webora resigniert fest. Er hat keine Übung im Überbringen von Todesmeldungen.
„Frau Kahlbeck?“ fragt er.
„Ja“, sagt die Frau auf der Türmatte. Ihre Stimme klingt hier im Stiegenhaus keineswegs krächzend. „Sie werden sich ja ausweisen können.“
Webora betrachtet zuerst seine Uniform, dann die seines ständigen Begleiters.
„Vor einer Uniform liege ich nicht gleich auf dem Bauch“, erklärt Frau Kahlbeck und lacht.
„Wir sind tatsächlich von der Polizei“, sagt Webora und hält ihr seinen Dienstausweis mit dem Republikadler hin. Und noch einmal: „Entschuldigen Sie.“
„Dürfen wir hineinkommen?“ fragt Jellinek.
„Nein“, sagt Frau Kahlbeck laut und bewegt sich nicht von der Fußmatte. Über ihre Stirn zieht sich eine einzige, aber standhafte Falte. Webora prallt zurück, als ob er gegen eine unsichtbare Mauer gelaufen wäre. Er überlegt. Er will überlegen.
Jellinek unternimmt einen weiteren Versuch: „Es ist eine ernste Angelegenheit, Frau Kahlbeck.“
„Von mir aus“, sagt sie, schiebt die Wohnungstür auf und läßt die beiden Polizisten in das verflieste Vorzimmer. Ein paar bunte Plastikkleiderhaken sind in die schlampig tapezierte Wand geschraubt. Eine geschlossene Glastür führt in die Küche, eine angelehnte Kiefertür ins Wohnzimmer, aus dem lautes Husten zu vernehmen ist.
„Haben Sie Besuch?“ will Webora sofort wissen.
„Ja. Ein Bekannter.“
„Was ist los, Elfi?“ ist eine Stimme von drinnen zu hören; gleich darauf wieder das Husten.
„Polizei ist da!“ ruft Frau Kahlbeck.
„Wieviel?“
„Zwei Stück!“
Der Bekannte taucht jetzt in der Wohnzimmertür auf, of-

fenbar ein guter Bekannter: in langer Unterhose, offenem Hemd, ohne Schuhe, unrasiert.
„Aha", stellt er lakonisch fest und macht die Tür von innen zu, um sich seinem nächsten Hustenanfall zu widmen.
„Entschuldigen Sie", sagt Webora zur bereits geschlossenen Tür. Frau Kahlbeck glaubt, das Husten des Mannes im Wohnzimmer kommentieren zu müssen. „Er raucht filterlose Zigaretten", meldet sie. Webora wechselt einen Blick mit dem mittlerweile schwitzenden Jellinek. Wer soll es ihr sagen? Wie?
„Es ist wegen ihres Mannes", sagt Webora endlich.
„Wegen meines Mannes?" antwortet Frau Kahlbeck verwundert. „Kann ich mir nicht vorstellen. Wieso?"
„Ihr Mann ist tot", sagt Webora langsam.
„Na und?" meint Frau Kahlbeck ohne Aufregung. „Das ist mir bekannt."
„Wer hat sie verständigt?"
„Das Spital selbstverständlich", sagt sie und mustert Webora mißtrauisch. „Per Telegramm. Er ist ja schon fast ein Jahr tot."
Webora kennt sich nicht mehr aus, er hebt hilflos die Arme, dieser Situation ist er nicht gewachsen. Er schaut Jellinek an. Er wünscht sich direkt, daß Jellinek jetzt die Initiative übernimmt, obwohl er sonst keine Zweifel aufkommen läßt, wer bei *Jonathan II* der Chef ist.
„Kurz nach zwei ist ein Unfall passiert", fängt Jellinek an. „Ein Mann ist tot. In seinen Taschen haben wir einen Ausweis ihres Mannes gefunden. Heißt ihr Mann nicht Herbert mit Vornamen?"
„Doch."
Frau Kahlbeck nickt. Ihr scheint etwas einzufallen.
„Vor ein paar Monaten war einer da", berichtet sie. „Von einer Versicherung. Zumindest hat er gesagt, daß er von einer Versicherung ist. Der hat mir erzählt, daß der Herbert eine Lebensversicherung abgeschlossen hat. Um die Versi-

cherungssumme beanspruchen zu können, würde er ein Dokument oder einen Bildausweis brauchen. Ich habe ihm den Führerschein ausgehändigt."

„Und?"

„Der Mann hat sich hier nicht mehr blicken lassen."

„Von welcher Versicherung will er gewesen sein?" Die Fragen stellt schon wieder Webora, der Jellinek nicht mehr zu Wort kommen läßt.

„Keine Ahnung."

„Hat er einen Namen genannt?"

„Ja. Den habe ich vergessen."

„In welchem Spital ist ihr Mann gestorben?"

„Im Allgemeinen Krankenhaus."

„Woran ist er gestorben?"

„Ist das wichtig?"

„Wahrscheinlich nicht. Er ist auf jeden Fall tot?"

„Garantiert."

Bevor sich Webora noch einmal entschuldigen kann, verabschiedet sich Jellinek salutierend und befördert seinen älteren Kollegen auf den Gang. Frau Kahlbeck legt die Kette vor und geht ins Wohnzimmer. Den fragenden Blick des Mannes beantwortet sie, indem sie sich mit einem Zeigefinger gegen die Stirn tippt. Webora hat seine Talgdrüsen völlig vergessen und schreit im Auto auf, als er sich auf den Fahrersitz zwängt.

Jellinek gibt das Vorgefallene an die Funkzentrale durch. Erst danach startet Webora den Wagen. Er lenkt ihn zur Donau, auf den Handelskai, am Unfallort vorbei. Das Wrack wird eben mit einem Autokran auf einen Lastwagen gehoben. Ein paar Passanten beobachten und diskutieren noch.

„Was machen wir jetzt?" sagt Jellinek.

„Nichts", antwortet Webora. „Die Geschichte ist erledigt. Für uns zumindest."

„Komische Geschichte", sagt Jellinek.

„Ja", gibt Webora zu. „Sollen *wir* herauskriegen, wer da

ums Leben gekommen ist? In einer halben Stunde ist Dienstschluß."
Als Webora anfängt zu überlegen, ob er beim nächsten Würstelstand anhalten soll, werden Jonathan II und einige andere Funkstreifen zum Schlachthof St. Marx beordert. Eine Kuh hat sich selbständig gemacht und ist bereits auf dem Gürtel in Richtung Südbahnhof unterwegs. Jellinek grinst.
„Gib Gas, Cowboy", sagt er.
Der Unfall und der Besuch bei Frau Kahlbeck in der Hellwagstraße sind bereits vergessen. Webora und Jellinek können nicht wissen, daß sie morgen ein unterschriebenes Gedächtnisprotokoll des Gesprächs mit Frau Kahlbeck im Morddezernat abgeben müssen.

2

Seit zwei Jahren ist Kottan Major und damit der ranghöchste aktive Beamte im Morddezernat. Offizieller Leiter der Abteilung ist zwar Oberstleutnant Pilch, der aber an den Ermittlungen im Außendienst kaum teilnimmt, allerdings mit stets leichter Aufregung und Ungeduld Kottans Vorgangsweisen und mangelhafte Protokolle überwacht. Am grauen Schild neben der Tür zu Kottans Büro steht A. Kottan. A bedeutet Adolf. Kottan ist Jahrgang 1937.
Kottan fährt allein in seinem Auto, in einem weißen Dacia, der rumänischen Ausgabe des Renault 12. Er gähnt, atmet mehrmals tief und geräuschvoll ein und aus. Beim Zahnarzt hat er eben eine Plombe bekommen, die einen unangenehmen Geschmack in der Mundhöhle verbreitet. Zwei Stunden soll Kottan nichts essen. 14 Minuten sind bisher um, stellt er mit einem Blick auf die Uhr auf dem Armaturenbrett fest: das einzige Extra am Auto. Eine Armbanduhr trägt Kottan seit Jahren nicht. Er ist fest überzeugt, ohne Uhr weitaus pünktlicher zu sein.

Auf dem Handelskai trifft Kottan auf eine Polizeiabsperrung.
„Wir haben da vorn einen *Knaller* mit drei Toten", berichtet ein Polizist. „Die Straße ist gesperrt. Fahren Sie da hinunter."
Als sich der Polizist näher zum halb geöffneten Seitenfenster beugt, erkennt er Kottan. Jetzt salutiert er und sagt: „Meine Verehrung."
Kottan ist letzte Woche in *Aktenzeichen XY* aufgetreten, in der österreichischen Spätabendsendung, in der neben den ersten Reaktionen immer wieder eifrige Polizeibeamte oder mutige Bankangestellte präsentiert werden: als Männer des Monats. Frauen sind selten dabei, auch unter den mutigen Bankangestellten.
Eigentlich vertrat Kottan nur den abwesenden Oberstleutnant Pilch, der zu seinem Bedauern einen Besuch in Brüssel, um die Organisationsstruktur des dortigen Polizeiapparats zu studieren, nicht mehr verschieben konnte. Das Morddezernat war in den letzten Monaten einigermaßen erfolgreich. Der TV-Moderator stellte Kottan dann auch als beispielhaften Mörderfänger vor. Eine Tageszeitung brachte eine Fotografie von Kottan (bei der Verhaftung eines 76jährigen Eifersuchtsmörders) mit der blöden Zeile: Fast ein Maigret.
„Wollen Sie doch durch?", fragt der Polizist und zeigt zur 50 Meter entfernten Unfallstelle.
„Danke. Ich halte mich an die Umleitung."
„Es ist nur *ein* Toter", gibt der Polizist leise zu und zuckt bedauernd mit den Achseln.
Kottan biegt ab. Er kann nicht wissen, daß er beinahe den ersten Lokalaugenschein zu seinem neuen Fall unternommen hätte.
Der Auftritt im Fernsehen liegt ihm noch immer im Magen. Der TV-Moderator, Fachmann des Österreichischen Fernsehens für Übertragungen von Reitturnieren, Weltraumflügen und Verbrecherjagden, ließ Kottan fast nicht zu Wort

kommen. Kottan ist in Gedanken noch manchmal damit beschäftigt, was er in der Sendung bei welcher Gelegenheit hätte sagen können. Er schlägt mit der rechten Hand auf das Lenkrad. Die Kantinenmahlzeiten hat er ein paar Tage ausgelassen, um den Bemerkungen der Kollegen zu entgehen.
Im Büro öffnet Kottan das Fenster. Der erste wärmere Tag des Jahres, trotzdem wird bis zum Monatsende vorschriftsmäßig weitergeheizt. Die Einrichtung des Zimmers ist einfach: zwei große Schreibtische in der Mitte, drei Kästen, ein Kleiderständer, eine Waschmuschel, ein Spiegel mit Sprung, ein kleiner, undefinierbarer Blumenstock auf dem Fensterbrett, der Wandplan (in verblichenen Farben) von Wien, das Bild des Bundespräsidenten, dessen Blick Kottan in jeden Winkel des Büros verfolgt. Auf dem Schreibtisch, bei dem Kottan gewöhnlich sitzt, steht noch die Kaffeeschale von gestern. Kottan legt die Hand auf seinen Bauch, der im letzten Jahr zugenommen hat. Bei einer Größe von 1,81 wiegt er trotzdem nur 84 Kilo.
Direkt nebenan ist das Büro seiner Mitarbeiter Paul Schremser und Alfred Schrammel. Schremser ist 52, dicklich, Brillenträger, hat dunkle, volle Haare mit leichten Locken, eine breite Nase und versteckt sich gern in Steireranzügen und Hubertusmänteln. Vor Jahren hat er bei einem Verkehrsunfall das rechte Bein verloren. Er wäre eigentlich längst fällig für die Frühpensionierung oder zumindest für den Innendienst. Kottan hat es nach mehreren Eingaben durchgesetzt: Schremser wurde in seine Gruppe aufgenommen und darf auch im Außendienst eingesetzt werden.
Vor dem Unfall war Schremser im Raubdezernat und ein durchaus aussichtsreicher Kandidat auf die Leiterstelle beim *Mord.* Schremser ist konservativ, zurückhaltend, spricht seine Gedanken nur aus, wenn er sich alles genau überlegt hat und sicher ist, gleichzeitig aber ist er im ganzen Haus für seine zynischen Kommentare bekannt. Doch gerade der Zynismus (in jede Richtung) ist der Ausgangspunkt für Gemeinsamkeiten mit Kottan. Auf die immer seltener gestellte

Frage, wie er sein Bein verloren habe, antwortet Schremser regelmäßig mit Hundeblick: „Raucherbein. Und das zweite rauche ich mir auch noch weg.“
Schrammel, Mitte 40, hat keine zynische Dimension, dafür meistens ein Zuckerl oder einen Kaugummi (er bevorzugt Bazooka) im Mund. Kottan hält ihn zwar für ehrgeizig, aber ziemlich unbegabt: eine bescheidene Parteibuchkarriere, die plötzlich gestoppt wurde und im besten Fall beim *Leutnant* enden wird. Schrammel behält nichts für sich und ist mit Verdächtigungen und möglichen Motiven schnell bei der Hand. Er ist Junggeselle. „Prinzipiell“, wie er sagt. „Zwangsläufig“, sagt Schremser.
Die Verbindungstür zu Schremsers und Schrammels Büro ist immer geöffnet. Die beiden sind im Augenblick nicht im Zimmer. Die Tür zum Büroraum auf der anderen Seite ist immer geschlossen. Dahinter verbringt Fräulein Domnanovics, die Sekretärin, zwischen ½ 9 und 16 Uhr ihre Wochentage. Die Doppeltür ist ein angemessener Schutz gegen das Schreibmaschinengeklapper.
Wie jedes Jahr im Frühling ist wieder die Aufforderung (in Befehlsform) als *interne Mitteilung* eingetroffen, auch bei sommerlichen Temperaturen nicht auf Krawatten im Dienst zu vergessen. Ein paar Kollegen aus Kärnten haben schon im letzten Jahr protestiert: So erkennt uns jeder Idiot auf den ersten Blick, war ihre einhellige Meinung. Kottan wird die Aufforderung wie jedes Jahr einstecken, mit nach Hause nehmen und schließlich dem Müllschlucker überantworten.
In der leeren Kaffeeschale, auf dem eingetrockneten, braunen Rand klettert eine offenbar unzufriedene Wespe.
Die letzten Morde in der Stadt wurden wirklich sozusagen umgehend gelöst. Es war auch kein außergewöhnlicher Fall dabei. Den letzten Polizeiakt hat Schremser am Vormittag mit Kottan abgeschlossen und an die Staatsanwaltschaft weitergeleitet. Eine 45-jährige Prostituierte war in einem Hotel von einem Kunden erwürgt worden, weil sie ihm ihre Beinprothese bei der Abmachung vor dem Hotel verheim-

licht hatte. Der Täter hatte sich zwei Tage später gestellt. Die einzige Aufgabe des Dezernats bestand darin, das Geständnis zu protokollieren und die Angaben im Geständnis zu überprüfen. Zu Beginn des Monats wurde ein 23-jähriger Arbeitsloser überführt, der bei einem Apothekeneinbruch den plötzlich auftauchenden Besitzer der Apotheke erschlagen hatte. Die Polizei hatte er selber zum Tatort gerufen. Keine Leute mit großen Absichten, weiß Kottan. Ziemlich ausweglose Lebensläufe und Geschichten: Mord fast als Zufall.

Kottan wartet nicht auf einen Fall, erhofft sich auch keinen. Die Morde scheinen sich zu wiederholen: ähnliches Milieu, ähnliche Motive, ähnliche Vorgeschichten, eigentlich eine zu erwartende Aufeinanderfolge von Vorfällen, die einen wütend oder melancholisch machen. Einen cleveren, kühlen Verbrecher, bei dessen Verhaftung er sich vorbehaltlos freuen könnte, hält Kottan (zumindest was Mord betrifft) manchmal nur mehr in Kriminalromanen für möglich.

Kottan versucht etwas mehr Ordnung auf den Schreibtischen herzustellen, bricht den Versuch aber schnell wieder ab. In einem Nachrichtenmagazin liest er, daß eine amerikanische Flugzeugfirma Schmiergelder in Höhe von mehreren Millionen auf ein Konto in Liechtenstein überwiesen hat, nachdem sich die *Austrian Airlines* für die Anschaffung mehrerer Flugzeuge des amerikanischen Herstellers entschieden haben. Die Spitzenangestellten der österreichischen Fluggesellschaft legen, als diese Überweisung aufgedeckt wird, eine Liste vor, die ihre eigenen Namen enthält. Die amerikanische Firma bestätigt mit Unterschrift und Stempel: Die auf der Liste genannten Herren haben keine Bestechungsgelder von der Firma erhalten.

Den letzten Satz muß Kottan zweimal lesen. Dann schüttelt er den Kopf und lacht laut los. Der Bestecher selber liefert den Reinheitsausweis. Die Bosse der österreichischen Fluggesellschaft legen diese Liste ganz ernsthaft als Beweis vor. Niemand in den Zeitungen regt sich darüber auf.

Kurz vor 16 Uhr tauchen zunächst Schremser, gleich darauf Schrammel auf. Schremser überfliegt den Artikel, den ihm Kottan über den Schreibtisch schiebt.
„Verrückt“, sagt Schremser und legt das Magazin weg. Schremser und Schrammel waren im ersten Stock. Jerabek vom *Suchtgift* ist zum vierten Mal Vater geworden. Nach drei Mädchen der erste Bub. Das Kind soll nach dem heutigen Tag im katholischen Kalender heißen: Frowin.
„Verrückt“, sagt jetzt Kottan.
Schremser nimmt auf dem Sessel ohne Armlehnen vor Kottans Schreibtisch Platz. Kottans Sessel hat Armlehnen und einen lädierten Sitzpolster. Schrammel ist eine Minute abwartend bei den Schreibtischen gestanden, danach wortlos ins Nebenzimmer weitergegangen. Schremser reißt eine Schachtel *Reyno* auf, nimmt eine Zigarette, leckt sie vom Filter bis zur Spitze ab und nimmt sein Feuerzeug (von einer Partei, die nicht gewählt worden ist) aus der Jacke.
„Darf ich?“ fragt er und schaut Kottan an.
„Nein“, sagt Kottan.
„Danke.“
Schremser zündet sich die Zigarette trotzdem an. Ein lächerliches Frage- und Antwortspiel, das mehrmals in der Woche stattfindet. Immerhin bläst Schremser den Rauch an Kottan vorbei.
Das schwarze Telefon summt. Die Glocke hat schon Kottans Vorgänger entfernen lassen. Kottan hebt ab.
„Ja“, sagt er ruhig und zupft an seinem breiten Schnurrbart, der bis zu den Mundwinkeln reicht. Ein paar Sekunden später steht Kottan plötzlich auf. Schremser beobachtet seinen jüngeren Vorgesetzten mit Interesse, betrachtet dann bedauernd seine kaum angerauchte Zigarette, die er unters kalte Wasser hält und in den Papierkorb fallen läßt. Auf die rechte Krücke gestützt wartet er das Ende des Telefongesprächs ab.
„Wohin?“ sagt Schremser.
„In die Leichenhalle“, sagt Kottan.

3

Die Leichenhalle der Gerichtsmedizin und der Polizei befindet sich im Keller, wo sie ohnehin jeder vermuten würde. Das Wort Halle ist allerdings eine Übertreibung: ein geräumiges, aber niedriges Zimmer. Der Arzt, der neu ist, steht mit verschränkten Armen bei einem der fahrbaren Tische. In einer Ecke sitzt noch ein Mann in weißer Hose und Hemd. Ein Helfer, der blasse Ananasstücke aus einer Dose ißt, in einem Tarzan-Heftchen liest und den beiden Polizisten nur zunickt.

„Dr. Suhrada", verkündet der Arzt. „Wir hatten bis jetzt noch nicht das Vergnügen."

„Nein", sagt Kottan. Er wundert sich immer wieder, daß es hier unten stickig und warm ist.

„Ist uns als Unfallopfer unbekannter Identität überwiesen worden", erzählt der Arzt und zeigt auf eine nicht zugedeckte, deformierte, männliche Leiche.

„Autounfall?" will Schremser wissen.

„Ja", sagt Dr. Suhrada fast unbeteiligt.

„Auf dem Handelskai?" fragt Kottan.

„Ja", sagt Dr. Suhrada noch einmal. Jetzt macht er ein erstauntes Gesicht. Schremser auch.

„Eigentlich wollten wir uns den Toten erst morgen vornehmen. Wir dachten, es ist nicht eilig."

„Was ist dazwischengekommen?" erkundigt sich Kottan.

„Einer vom Hilfspersonal hat die Angelegenheit beim *Verladen* entdeckt", sagt Dr. Suhrada lächelnd.

„Ich", meldet sich der Mann in der Ecke, ohne aus seiner Lektüre hochzuschauen. Er streckt kurz einen Arm in die Höhe; wie ein Schüler, der ausnahmsweise eine Antwort weiß. Dann trinkt er die Dose leer.

„Die haben ja mittlerweile auch einen Blick für so was", meint Dr. Suhrada etwas leiser. „Darf ich bitten?"

Der Arzt und die beiden Kriminalbeamten kommen näher zum Leichentisch.

„Der Kopf ist zertrümmert", stellt Dr. Suhrada fest, „der Brustkorb mehrfach gequetscht, das sehen Sie ja, Brandverletzungen auf dem Gesicht, auf den Armen . . ., und hier ist der Schußkanal, direkt neben dem linken Ohr, den muß der Rettungsarzt übersehen haben. Der Schußkanal führt leicht aufwärts durchs Gehirn, die Kugel ist in der Schädeldecke stecken geblieben. Eine Gewehrkugel übrigens."
„Wo ist die jetzt?" fragt Schremser.
Dr. Suhrada geht zur Doppelwaschmuschel. Auf einer weißen Untertasse mit Goldrand liegt die bereits gereinigte Gewehrkugel. Der Arzt hält Schremser den Teller hin.
„Kann man aufgrund der Schußverletzung noch was sagen?"
„Im Moment nicht."
„Entfernung?" sagt Kottan, der neben der Leiche stehengeblieben ist.
Dr. Suhrada schüttelt den Kopf.
„Sicherlich ist der Schütze nicht im Auto gesessen."
„Fotos?"
„Sind gemacht worden und schon in der Ausarbeitung."
„Bei den Verletzungen und Verbrennungen wird ihn bestimmt niemand erkennen", glaubt Schremser.
„Etwas schöner können wir ihn schon noch machen", behauptet Dr. Suhrada.
Der Helfer hat sein Heftchen ausgelesen und eingesteckt. Er entdeckt Kottans auffordernden Blick.
„Der Tarzan hat gewonnen", sagt er schnell. „Wie immer."

Schremser fährt unerschrocken mit dem knarrenden Paternoster nach oben, seiner Krückentechnik vertrauend. Er hat noch nie Schwierigkeiten beim Ein- und Aussteigen gehabt. Kottan geht gleich zum Wagen im Hof.
Schrammel sitzt (schon im zugeknöpften Mantel) im Büro und springt auf, als Schremser ins Zimmer kommt.
„Wohin müssen wir?"

„Du mußt nirgends hin", bremst ihn Schremser. „Du besorgst uns Unfallprotokolle von der Funkstreife."
„Was für ein Unfall?"
„Handelskai, früher Nachmittag, ein Toter. Wird sich finden lassen."
„Geht uns der Unfall was an?"
„Der schon."
Der enttäuschte Schrammel hilft Schremser in seinen kurzen Hubertusmantel. Als Schremser schon wieder in der Tür zum Gang ist, hebt Schrammel den Telefonhörer ab.
„Wir rufen dich von unterwegs an", sagt Schremser.
„Und dann?"
„Feierabend."
Bevor Schrammel endgültig zu wählen beginnt, legt er den Kaugummi in den Aschenbecher.

Schremser steigt zu Kottan in den Dienstwagen, der noch im aufgemalten, vorgeschriebenen Rechteck im Polizeihof steht. Es hat zu nieseln begonnen. Für die Nacht werden sogar Schneeschauer vorhergesagt. Kottan springt der Wagen nicht sofort an.
„So ist das Leben", kommentiert Schremser. „Sellerie, wie die Franzosen sagen."
„Blödsinn", brummt Kottan, gibt etwas mehr Gas, und der Motor kommt nun doch zögernd ins Laufen. Kottan lenkt den Wagen vom Polizeigelände.
„Was hältst du von unserer Leiche?" fängt Schremser an.
„Ist noch nicht einmal sicher *unsere* Leiche", sagt Kottan.
„Vielleicht wird das endlich ein besonderer Fall. Auf den wartest du sowieso schon lang."
„Ist nicht wahr", rechtfertigt sich Kottan. „Vielleicht ist das überhaupt kein Fall. Kann ja einer in der Nähe Schießübungen veranstaltet haben."
„Du glaubst, dem einen Unfall ist bloß ein anderer Unfall vorausgegangen?"
„Gar nichts glaube ich."

„Wieso hast du schon vom Unfallort gewußt?"
„Ich bin am Nachmittag zufällig da vorbei gekommen."
Kottan saugt kräftig an seinem plombierten Stockzahn. Der erwartete Geschmack stellt sich schnell wieder ein. Die Straßen sind naß und glitschig. Auf dem Kopfsteinpflaster beim Gaußplatz kommt der Wagen ins Rutschen. Kottan schimpft drauflos, Schremser schnallt sich kommentarlos an. Nach weiteren fünf Minuten sind sie da.
Die beiden Beamten bleiben nicht lange im Freien. Die Bremsspuren der Zwillingsräder des Lastwagens sind deutlich zu sehen. Auf dem schmalen Trottoir liegt eine Radkappe des Ascona, die sich mit Regenwasser füllt. Zwischen der Straße und der Donau befinden sich mehrere Bahngeleise. Die Kreidemarkierungen der Polizei sind bereits von der Fahrbahn gespült. Schremser und Kottan beeilen sich zurück in den Wagen. Kottan wischt die Tropfen von seinem Übergangsmantel, Schremser von seinem Hut.
„Vom PKW sind keine Bremsspuren da", sagt Schremser. „Der ist gar nicht mehr zum Bremsen gekommen."
„Läßt sich also auch schwer feststellen, wo ihn die Kugel getroffen hat. Die Straße ist gerade. Der Wagen kann noch ein schönes Stück gerollt sein, bevor er aus der Richtung gekommen ist."
„Geschossen wurde von irgendwo da drüben", sagt Schremser und zeigt mit seiner Krücke aus dem Fenster zur Donau. „Der Schütze kann neben der Straße gelegen sein oder auch von den Schienen der Uferbahn aus geschossen haben. Da ist nicht viel Betrieb."
Kottan nickt und starrt in den Regen. Schremser greift nach seinen Mentholzigaretten und dem Feuerzeug. Heizt ihnen ein, steht auf dem Feuerzeug.
„Willst du die Patronenhülse suchen?"
„Nein", sagt Kottan rasch und macht schmale Augen dabei.
Schremser grinst und bestellt zwei Funkstreifen zum Unfallort. Die werden das gesamte Gelände bis zur Donau absu-

chen. Dann ruft er Schrammel an, der den Inhalt der Unfallprotokolle mitteilt und vom vergeblichen Versuch der Funkstreifenbesatzung *Jonathan II* berichtet, einer mutmaßlichen Witwe die Nachricht vom Tod ihres Mannes zu überbringen.

4

Kottan drückt den Klingelknopf neben der Tür. Kein Ton ist zu hören. Er versucht es ein zweites Mal, dann klopft er an. Ins Haus in der Hellwagstraße ist er gekommen, weil es ein Eilbriefträger in Lederuniform gerade verlassen hat. Schremser ist nicht mehr dabei. Kottan klopft noch einmal. Jetzt sind Schritte zu hören und eine Stimme: „Wer?"
„Polizei!" ruft Kottan.
Das Namensschild hinter Glas wird zurückgeklappt, ein Auge kommt zum Vorschein. Kottan zieht seine Blechlegitimation aus der Stecktuchtasche seines Leinenanzugs. Frau Kahlbeck öffnet die Tür. Kottan steht bereits auf der Matte.
„Schnell ist das gegangen", freut sich Frau Kahlbeck sichtlich, schließt die Eingangstür hinter Kottan und schiebt ihn ins Wohnzimmer, in der zwei Korklampen gedämpftes Licht verbreiten. Im Fernsehen befreit ein Handpuppen-Kasperl eine gekidnappte Prinzessin. Der Fernsehton ist nur leise zu hören. Frau Kahlbeck hat einen langen Morgen- oder Abendmantel mit gelben, lila und roten Blüten an. Die Tapete weist ähnliche Blumen auf. Neben der Zentralheizung hängen auf einem x-beinigen Wäschetrockner Pullover, Handtücher, eine karierte Schürze und Strümpfe.
„Sie haben mit meinem Besuch gerechnet?" fragt Kottan, der schon auf ein unbequemes Fauteuill im skandinavischen Naturholzstil gedrückt wird. Die Sitzfläche ist so hoch, daß Kottan mit den Füßen den Teppichboden nicht erreicht.
„Sicher. Ich habe Sie nicht zum Spaß angerufen. Hören Sie sich das an!"

Sie zeigt mit der rechten Hand zum Plafond, während sie mit der anderen Hand den Fernsehapparat ausschaltet und die Beleuchtung heller macht. Aus der Wohnung im ersten Stock sind Schreie einer Frau zu hören.

„Gräßlich, nicht wahr?“

„Ja“, sagt Kottan.

„Seit zwei Stunden geht das schon so“, berichtet sie eifrig. „Eine Jugoslawin. Die kriegt ein Kind. Wahrscheinlich will sie es da oben kriegen und nicht ins Spital gehen. Ich kann das Geschrei wirklich nicht brauchen. Widerlich, nicht wahr?“

„Ja“, sagt Kottan, „aber es handelt sich leider um ein Mißverständnis, Frau Kahlbeck.“

„Was soll das heißen? Sie sind gar nicht von der Polizei? Was ist das für ein Ausweis, den Sie mir gezeigt haben?“

Sie schlägt mit der flachen Hand auf ein niedriges Kästchen. Eine Trachtenpuppe fällt nach vorn auf die Nase, im Inneren des Kästchens beginnen Gläser und Flaschen zu klirren.

„Doch“, beschwichtigt Kottan. „Ich bin Polizist. Es ist wegen ihres Mannes.“

„Schon wieder?“

„Der Mann, bei dem der Führerschein ihres Mannes gefunden wurde, ist möglicherweise ermordet worden.“

„Zufall“, meint sie.

„Erschossen.“

„Da ist bestimmt nicht der Falsche erwischt worden“, sagt Frau Kahlbeck kühl. „Der hat mich hereingelegt.“

„Sie hatten noch keinen Schaden.“

„100 000 Schilling hat er mir versprochen. Ist das nichts? Sie müssen ein ausgiebiges Gehalt haben.“

„Können Sie den Mann beschreiben?“

„Nein. Unauffällig. Schwarze Milanoschuhe mit Spitzen hat er angehabt, die heutzutage kein Mensch mehr anziehen will. Ungeputzt. Und der Anzug war ihm zu eng.“

„Haarfarbe, Größe?“

„Keine Ahnung. Leider.“

„Besondere Kennzeichen?"
„Nicht, daß ich wüßte."
Aus der Wohnung im ersten Stock sind wieder die Schreie der Jugoslawin zu hören. Frau Kahlbeck schaut ungehalten nach oben.
„Hätte mich auch gewundert, wenn jemand wegen des Anrufs gekommen wäre. Jeder Schwachkopf, der auf Staatsbesuch ist, wird hundertfach bewacht. Normale Leute zählen ja einen Dreck. Hierher verirrt sich keiner."
„Bestimmt kümmert sich jemand darum", sagt Kottan. „Was war ihr Mann von Beruf?"
„Er war in einem Rechtsanwaltsbüro beschäftigt. Mädchen für alles."
„Woran ist er gestorben?"
„Das haben ihre Kollegen ohnehin schon gefragt."
„Sie haben keine Antwort gegeben."
„Er ist erschossen worden."
„Erschossen?"
„Halten Sie nichts von Zufällen, Herr Inspektor?" spottet sie. „Ich schon. Zufälle sind die besten Helfer der Polizei."
„Glauben Sie?"
„Ich bin sicher. Ein Jagdunfall war das. Der Herbert war das erste Mal bei einer Jagd dabei. Ist vom Chef eingeladen gewesen. Nach drei Tagen ist er im Spital gestorben. Embolie oder wasweißich. Noch was, Herr Inspektor?"
Gewöhnlich widerspricht Kottan, wenn er mit Inspektor angesprochen wird. Hierzulande ist jeder Polizist gleich Inspektor, obwohl es den Titel offiziell gar nicht gibt.
„Nein", sagt Kottan. „Ich bin schon weg."
Er muß zweimal Schwung holen, bis er auf dem Teppich zu stehen kommt. Er geht als erster ins Vorzimmer.
„Wie spät ist es genau?"
„Gleich halb acht. Warum?"
„Ab 22 Uhr handelt es sich um Ruhestörung", sagt Kottan mit Blick zur Decke.

Im Stiegenhaus hat Kottan das Gefühl, als habe er etwas übersehen oder zu fragen vergessen. Er kann sich kein Bild von der Witwe Kahlbeck machen. Noch nicht. Sein vorläufiges Ergebnis: unscheinbar, schnippisch, keinesfalls unsympathisch.

Bei der nächsten Kreuzung nimmt Kottan ein Taxi. Um 20 Uhr beginnt im Gewerkschaftshaus, im großen Saal, eine Veranstaltung. Die Ballettschule, in die Kottans jüngere Tochter Erika geht, gibt eine Aufführung. Erika ist zwölf. Kottan hat seiner Frau versprochen, pünktlich zu sein. Sie ist vor einer Stunde bereits mit dem Dacia aufgebrochen.

In der linken Innentasche hat Kottan die eigens vorbereitete Krawatte, in der rechten das obligate, heute nicht verwendete Notizbuch. Er will sich die Krawatte umbinden. Es gelingt ihm nicht.

„Können Sie das?“ versucht er es beim Taxilenker.

„Sowieso“, grinst der Fahrer. „Macht fünf Schilling extra.“

„In Ordnung.“

Der Fahrer hält den Wagen am rechten Gehsteigrand an, schiebt seine Schirmmütze aus der Stirn. Kottan rutscht im Fond nach vorn. Der Krawattenknopf wird ziemlich groß.

„Jeden Tag vor dem Spiegel fleißig üben“, empfiehlt der Fahrer, „dann ist das kein Problem.“

Über dem Handschuhfach ist ein winziger, japanischer Fernsehapparat befestigt. Im Moment läuft eine Sendung mit Ausschnitten eben angelaufener Kinofilme. In einem der vorgestellten Filme ist ein dünnes, vielleicht 15-jähriges Mädchen mit großen Brüsten zu sehen. Der Taxifahrer schreit laut auf.

„Haben Sie das gesehen?“ brüllt er und schaut mehr auf das Fernsehbild als auf den Straßenverkehr. Er ist beeindruckt. „So ein dürrer Besen und solche Melonen.“ Kottan entdeckt auf dem Beifahrersitz eine angebrochene Packung mit Salzgebäck.

Im nächsten Filmausschnitt wird das Mädchen in eine Absteige gelockt und von zwei Männern vergewaltigt.

„Geschieht ihr recht“, findet der Fahrer. „Läufiges Luder.“ Das Mädchen wird zu oralen Kontakten gezwungen. „Genau richtig“, bestätigt der Fahrer. „Bei meiner Frau kenne ich auch nichts anderes. Erstens kann sie es auf den Tod nicht leiden, zweitens hält sie dann für ein paar Minuten wenigstens den Mund.“
Kottan steigt lieber dreihundert Meter früher aus, bevor der Taxilenker endgültig ins Schwadronieren gerät. Den Fahrpreis gibt Kottan dem Fahrer abgezählt in die Hand. „Trottel!“ schreit der durchs hinuntergekurbelte Fenster und fährt mit quietschenden Reifen ab. Kottan muß laufen, weil es nach wie vor regnet.
Im Gewerkschaftshaus wartet Ilse, Kottans Frau. Sie war schon einigermaßen ungeduldig, obwohl noch ein paar Minuten Zeit ist bis zum Beginn der Vorstellung. Kottan kennt seine Frau seit dem Gymnasium. Vor 18 Jahren haben sie dann geheiratet, kurz bevor die ältere Tochter Elisabeth Geraldine (Sissi) auf die Welt gekommen ist. Kottans Sohn (Gerhard) ist 15.
Ilse Kottan sieht in der Vorhalle aus wie alle anwesenden Mütter, Tanten und Großmütter auch: die Augen mit Farben eingekreist, die Haare aufgesteckt, in einem zweifärbigen, rauschenden Kleid. Sie ärgert sich über Kottans zerknitterten Anzug und die regennassen Hosenbeine.
Die Vorstellung zieht sich hin. In einer einzigen Szene vor der Pause tritt Erika auf. Mit zwei anderen Mädchen steht sie auf der linken Seite der Bühne im Scheinwerferlicht: als Baum im Wind. Sie hat nur die Arme gleichmäßig zu bewegen, auf denen je drei Blätter aus Karton angebunden sind. Kottan war an der Herstellung der Blätter beteiligt. Erika steckt in einer braunen Strumpfhose und einem rostbraunen Leibchen. In der Pause trifft Kottan einen ehemaligen Schulkollegen, der gleich zwei Töchter zu beobachten hat. Der Mann heißt Sperber und ist seinem Namen noch ähnlicher geworden.
Nach der Pause hat Erika zweimal, dicklich und daher unbe-

holfen, um einen Tisch zu hopsen. Kottan findet es peinlich und duckt sich in seinem Sessel. Ilse Kottan will nichts auffallen. Die Ballettschule hat ihr die ebenfalls anwesende Mutter eingeredet. Kottan verläßt in Gedanken die Vorstellung. Ihm fällt ein, wer der Witwe Kahlbeck den Ausweis abgenommen haben könnte und jetzt wahrscheinlich tot in der Leichenhalle liegt. Er will Schremser anrufen, ihm von seiner Vermutung erzählen, wartet aber geduldig das Ende des Ballettabends ab. Den Müttern, Tanten und Großmüttern gefällt das vor der Pause, worüber sie in der Pause schwatzen können, und nach der Pause, worüber sie sich noch auf dem Heimweg begeistern.

Ilse Kottan hantiert im Badezimmer, während Kottan bei Schremser anruft. Schremser ist noch wach. Im gestreiften Pyjama ist er vor seinem 200-Liter-Aquarium gesessen und hat die Geburt von 11 Schwertträgern beobachtet. Auch im Büro hat er ein kleines Glas mit Schleierschwänzen.
„Was ist?"
„Der Mann, der sich bei der Kahlbeck den Ausweis herausgeredet hat", beeilt sich Kottan, „das muß der Haumer Erwin sein."
„Du kannst recht haben", sagt Schremser nur.
„Ich bin mir sicher", behauptet Kottan.
Erwin Haumer ist ein mehrmals vorbestrafter Trickdieb und Betrüger, über den Kottan recht genau Bescheid weiß, obwohl Haumer mit seinen Taten und Vorstrafen nicht in sein Dezernat fällt. Haumer gilt als einer der Einfallsreichsten auf seinem Gebiet, ein Einzeltäter, der mit immer neuen Methoden *Erfolg* hat.
„Der hat seine Vorgangsweisen bis jetzt nie wiederholt", meint Schremser.
„Ich weiß. Den Versicherungstrick vielleicht schon", glaubt Kottan. „Ist ja gut angekommen."
„Wenn der Haumer *unser* Toter sein soll, ich habe ihn am Nachmittag nicht erkannt."

„Ich auch nicht."
„Der Größe nach könnte er es aber sein", überlegt Schremser, der früher auch im Betrugsdezernat ausgeholfen hat.
„Wir haben ja Fingerabdrücke im Archiv."
„Der Erschossene hat keine."
„Die Verbrennungen?"
„Ja."
„Mist", sagt Schremser. „Soll ich herausfinden, wo der Haumer wohnt oder gewohnt hat?"
„Ja."
„Der Opel, mit dem der Erschossene unterwegs war, ist übrigens gestern als gestohlen gemeldet worden. Von einem Altwarenhändler."
„Hat der den Diebstahl beobachtet?"
„Ja. Das Auto ist direkt vor seinem Laden gestohlen worden."
„Dann soll er morgen ins Büro kommen."
„Ist schon bestellt für neun", erklärt Schremser ruhig.
„Den Haumer-Akt läßt du ausheben."
„Sowieso."
„Gute Nacht."
Schremser erwidert nichts mehr und hängt ein. Er setzt sich auf den breiten Sessel vor dem Aquarium. Mittlerweile sind es 14 winzige Schwertträger, die auf dem Boden eines Zusatzbehälters liegen, nur hin und wieder plötzlich hochschwimmen und fast nur aus Augen bestehen. Schremser verkauft die Fische, wenn sie größer sind, regelmäßig an die Tierhandlung im gleichen Häuserblock. Streng genommen ist das verboten, weil Schremser nicht Mitglied eines Züchtervereins und zum Züchten von Fischen daher nicht berechtigt ist.
Kottan holt sich eine Dose Bier aus dem Eiskasten: amerikanisches Ingwer-Bier, das er sich extra schicken hat lassen. Er verfügt über eine umfangreiche Bierdosensammlung im Buchregal. Mehr leere Bierdosen als Bücher sind da aufgereiht. Kottan hat sich zudem ein Heft angelegt, in dem er die

verkosteten Biersorten persönlich bewertet. Das Bewertungsschema hat er aus einer Tageszeitung übernommen, die damit Filme klassifiziert. Vier Sterne: ausgezeichnetes Bier. Drei Sterne: sehr gut. Zwei Sterne: gut. Ein Stern: annehmbar. Biere, die mit keinem Stern versehen sind, scheinen einen solchen nicht verdient zu haben.
Das Ingwer-Bier wird höchstens einen oder gar keinen Stern bekommen, weiß Kottan nach dem dritten Schluck. Er schaltet den (gebraucht gekauften) Videorecorder ein, um die aufgezeichneten Nachrichtensendungen vom Tag zu sehen. Der Bericht vom *Unfall* auf dem Handelskai besteht aus wenigen Sätzen und wird durch ein Schwarz-Weiß-Foto ergänzt. Danach folgt eine Übertragung von der Eishokkey-Weltmeisterschaft: ein einseitiges Match mit wenigstens vielen Toren.
Elisabeth kommt aus ihrem Zimmer, kostet von dem Ingwer-Bier und findet es ebenfalls scheußlich. Ihre Zulassung zur Matura in ein paar Wochen ist noch nicht gesichert. Kottan findet das halb so aufregend, er hat selber zehn Jahre auf dem Gymnasium verbracht. Elisabeth kehrt beim Spielstand von 6 zu 1 in ihr Zimmer zurück.
Nach dem Match steigt Kottan auf den Balkon, von dem aus man nur den asphaltierten Innenhof und die vollgeparkten Autoabstellplätze sieht. Er raucht eine Zigarette, was er nur mehr selten tut: eine ziemlich ausgetrocknete *Kent.* Das Rauchen hat er ansonsten längst aufgegeben. Der Regen hat aufgehört. Es riecht nach Regenwürmern, nicht nach bevorstehendem Schnee.
Das erste Mal hat Kottan von Erwin Haumer Notiz genommen, als der auf immer wieder gleiche Weise in zahlreichen Großkaufhäusern Diebstähle verübte und nur durch einen Zufall erwischt wurde. Haumer kaufte jedesmal ausgiebig und vor allem teure Waren ein, zahlte an der Kasse beim Ausgang korrekt und richtete ein paar auffällige Bemerkungen an die jeweilige Angestellte an der Kasse. Auf dem Parkplatz vor dem Großmarkt räumte er die Einkaufsta-

schen aus, verlud die bezahlten Artikel ins Auto, ging wieder ins Kaufhaus, packte die gleichen Waren noch einmal in die Taschen im Einkaufswagen und nahm sich eine Kleinigkeit (mit Vorliebe Rasierpinsel) extra. Bei der selben Kasse gab er dann vor, nur diese Kleinigkeit vorhin vergessen zu haben. Mit den vollen Taschen kam er leicht durch, weil sich die Kassiererinnen jedesmal an Haumer erinnerten und nicht mißtrauisch wurden. Auch bei Kontrollen vor Verlassen des Kaufhauses fiel er nicht auf, weil er ja einen Kassenzettel vorweisen konnte, auf dem alle Waren aufschienen, die in den Taschen zu finden waren. Er mußte nur noch für den weiteren Vertrieb der zum halben Preis beschafften Waren sorgen.

Zu in Polizeikreisen fast sprichwörtlicher Perfektion brachte es Haumer auch beim nicht neuen Herausgabe-Trick. Er zahlte (bevorzugt in kleinen Geschäften) mit einer großen Banknote, redete viel auf den Verkäufer ein, nahm schließlich den Geldschein wieder zu sich, ließ sich die Waren überreichen und außerdem auf den nur vorgewiesenen Schein herausgeben.

Der Versicherungstrick Haumers war ebenfalls simpel. Er fand die Namen der verstorbenen Männer durch Todesanzeigen in den Zeitungen, die Adressen im amtlichen Telefonbuch. Einen Ausweis der Toten erhielt er fast immer ohne Schwierigkeiten, weil die Witwen gern an eine Lebensversicherung glauben wollten. Mit dem Ausweis eröffnete Haumer bei verschiedenen Geldinstituten Gehaltskonten, überwies sich selbst einen Betrag und überzog dann die Konten. Im letzten Jahr flog er nur deswegen auf, weil er mit dem Personalausweis eines nach einem Herzinfarkt gestorbenen Sparkassendirektors ausgerechnet in der vom Verstorbenen vorher geleiteten Filiale ein Konto beantragte.

Kottan zertritt die Zigarette und schiebt den Rest mit einer Schuhspitze vom Balkon. Seine Frau schläft bereits, als er ins Schlafzimmer kommt. Er schaltet ihr Nachtkästchenlicht aus und tappt zu seinem Platz im Bett. Er schlüpft vorsichtig unter die Steppdecke, um Ilse nicht aufzuwecken. Sie schrickt trotzdem hoch, räuspert sich, dreht sich von Kottan weg und atmet bald wieder tief.

Früher hat er sie öfter aufgeweckt, mitten in der Nacht; oder es zumindest versucht. Sie schläft nach wie vor nackt: eine alte Gewohnheit. Kottan liegt auf dem Rücken, mit offenen Augen, eine Hand unter dem Kopf, die zweite auf dem Bauch. Auch jetzt ist er eigentlich froh, daß er ungestört überlegen kann.

Vielleicht hat sich eine der betrogenen Witwen an Haumer gerächt. Mit einem gezielten Gewehrschuß? Unwahrscheinlich, findet er selbst. Und wie hätte sie Haumer finden sollen? Er nimmt nicht an, daß die Funkstreifen beim Handelskai auf die Patronenhülse oder einen anderen Hinweis gestoßen sind.

Aus der Nachbarwohnung ist Klaviermusik zu hören. Jemand versucht sich an Etüden. Kottan ist nicht sicher, ob ihm die Schreie der mutmaßlichen Jugoslawin unangenehmer wären als das Geklimper. Ich zähle bis hundert, nimmt er sich schließlich vor, dann gehe ich hinüber. Der Klavierspieler bricht bei 62 abrupt ab. Vom nahen Verschubbahnhof ist der hallende Zusammenprall zweier Waggons zu hören. Der Druckknopf der Nachtkästchenbeleuchtung strahlt wie ein Leuchtturm.

5

Aus dem Autoradio spricht die (fast singende) Vorturnerin der Nation. 7 Uhr 35. Kottan stellt sich vor, wie er selbst auf dem Wohnzimmerteppich die angesagten Übungen mitmacht. Als die Sprecherin von den Zuhörerinnen und Zuhörern verlangt, *ein Bein unter einen Kasten zu legen*, dreht Kottan das Radio ab. Die Straßen sind trocken.

Schremser zieht die Augenbrauen hoch, als Kottan den Bü-

roraum betritt. Schremser sitzt an Kottans Schreibtisch und blättert im Haumer-Akt. Kottan hängt seinen Regenmantel über den Kleiderständer und nimmt auf dem Sessel für zu verhörende Personen Platz.
„Schon ein Ergebnis?"
„Nichts Besonderes", sagt Schremser.
„Dann mach es kurz."
„Die Funkstreifen haben auf dem Bahngelände 70 Groschen, ein leeres Benzinfeuerzeug und zwei Präservative gefunden."
„Weiter", verlangt Kottan und seufzt.
„Die Funkstreife Jonathan hat ein Protokoll ihres Besuches bei der Kahlbeck abgeliefert."
„Lese ich später."
„Den Beifahrer aus dem Lastwagen, der am Unfall beteiligt war, habe ich befragt."
„Hat er einen Schuß gehört?"
„Nein. Beschwert hat er sich über den andauernden Gesang seines Kollegen am Steuer."
„Und?"
„Mario Lanza ist der angeblich keiner. Übrigens hat nicht ein einziger der Unfallzeugen einen Schuß gehört."
„Wundert mich nicht", meint Kottan geistesabwesend.
„Die Adresse vom Haumer aus dem Akt ist nicht mehr aktuell."
„War zu erwarten. Wie willst du sie finden?"
„Ich mache einen Besuch."
Kottan nickt und nimmt Schremser den etwa sechs Zentimeter dicken Akt aus den Händen.,
„Ich bin vorhin bei *unserer* Leiche gewesen", berichtet Schremser. „Keine brauchbaren Fingerabdrücke."
„Habe ich dir ja gesagt."
„Laut Akt leben die Eltern von Haumer in der Nähe von Wien."
„Ein Identifizierungsversuch wäre reine Zumutung. Es gibt nichts zu erkennen."

„Und kein brauchbares Foto. Ich glaube . . .“
„Was?“
„Es ist der Haumer. Ich habe die Mikulic vom *Betrug* hinuntergeschickt. Die hat ihn schließlich öfter vernommen. Ganz sicher will sie auch nicht sein.“
Schrammel taucht aus dem Nebenraum in der Verbindungstür auf.
„Ich bin da“, sagt er.
„Fütterst du die Fische?“ fragt ihn Schremser. Eine Suggestivfrage.
Schrammel geht zum Fensterbrett, holt das Päckchen mit den getrockneten Wasserflöhen und begibt sich zu den Fischen. Schremser bleibt auf dem Sessel, betrachtet Kottan, der das Protokoll der Funkstreife Jonathan nun ebenfalls zu sich zieht.
„Machst du jetzt doch keinen Besuch?“
„Gleich. Der Altwarenhändler sitzt draußen auf dem Gang.“
„Ist erst kurz nach acht“, sagt Kottan, der die Uhr über der Eingangstür fixiert.
„Der hat eben Angst“, meint Schremser, „daß er auf seinem Gerümpel sitzen bleibt, wenn er nicht im Geschäft ist. Soll ich ihn bringen?“
„Bleib sitzen.“ Kottan steht auf und geht zur Tür. „Wie heißt er?“
„Kramml.“
„Herr Kramml!“ schreit Kottan auf den Gang hinaus, obwohl nur ein groß gewachsener, etwa 40-jähriger Mann mit breiten Schultern auf der Bank vor der Tür sitzt, dem Kottan allerdings keineswegs den Altwarenhändler zutrauen würde. Wird sicher auf Entrümpelungen spezialisiert sein, glaubt Kottan.
Der Mann kommt ins Zimmer, schreitet an Kottan vorbei, gibt Schremser die Hand und nickt Kottan bloß zu, der die Tür schließt.
„Ist ja hoffentlich erlaubt“, sagt er und befindet sich bereits

auf dem eben von Kottan verlassenen Sessel. Er will sogleich in Richtung Schremser loslegen.
„Ich stelle die Fragen", sagt Kottan.
Kramml dreht sich überrascht zu Kottan um, macht noch einen unsicheren Blick zu Schremser.
„Stimmt", meint Schremser. „Er ist der Chef."
„Also. Wann ist ihr Auto gestohlen worden?"
„Gestern. Am Vormittag. Gleich nach elf. Ich hatte den Wagen direkt vorm Geschäft abgestellt. Vom Geschäft aus habe ich dann den Burschen gesehen, wie er ins Auto gestiegen ist. Bis ich draußen gewesen bin, hat der gestartet und ist abgefahren. Durch die halbe Gasse bin ich nachgelaufen. Zwecklos."
„Wie ist der Dieb so schnell in den Wagen gekommen?"
„Der war offen", gibt Kramml zu. „Der ist immer offen, wenn er nur vor dem Geschäft ist."
„Sie würden den Mann wiedererkennen?"
„Freilich, Herr Inspektor."
„Inspektor gibt es keinen", erklärt Schremser freundlich.
Kramml versteht nicht, was er damit meint.
„Sie haben den Mann doch nur kurz gesehen", sagt Kottan.
„Nein. Der war eine halbe Stunde vorher bei mir im Geschäft, hat sich für Totenmasken und Musikerbüsten interessiert, der falsche Hund. Den erkenne ich jederzeit wieder."
Schremser schaut Kottan beinahe erwartungsvoll an. Kottan nickt zustimmend. Schremser, der mitgeschrieben hat, steckt seinen Kalender ein, nimmt den Haumer-Akt vom Schreibtisch und verläßt eilig das Zimmer.
„Habe ich was Falsches gesagt?" will Kramml wissen.
„Nein", beruhigt ihn Kottan.
„Was hat er vor?"
„Moment", sagt Kottan.
Schrammel steht jetzt wieder in der Tür zum zweiten Büroraum. Er rührt zwei Würfelzuckerstücke in einen Papierbecher mit koffeinfreiem Filterkaffee.

„Krieg ich auch einen?“ fragt Kramml.
„Jetzt nicht“, bestimmt Kottan.
Nach vier Minuten ist Schremser mit ungefähr zwanzig Fotografien zurück, die er Kramml im Paket in die Hand drückt. Er ist außer Atem.
„Soll ich schauen, ob der Dieb dabei ist?“
„Erraten“, schnauft Schremser. Er stützt sich auf die linke Krücke.
Beim siebenten Foto ist Kramml völlig sicher. („Ich lasse mich in den Hals stechen, wenn er das nicht ist.“) Er hält das Polizeifoto aus Erwin Haumers Akt hoch.
„Danke“, sagt Kottan.
„Bekomme ich jetzt den Kaffee?“
„Selbstverständlich“, sagt Kottan und überreicht Kramml fünf Schilling. „Der Automat ist beim Stiegenabgang.“
„Der Haumer hat immer nur mit Leihwagen gearbeitet“, gibt Schremser zu bedenken, nachdem Kramml die Tür von außen zugedrückt hat.
„Wenn es ihm so einfach gemacht worden ist“, glaubt Kottan, „hat er sich eben eine Ausnahme erlaubt.“ Er schaut sich das Bild Haumers genauer an. „Zu enger Anzug“, stellt er fest. „Wie die Kahlbeck gesagt hat.“
Schrammel hat inzwischen von Kottans Schreibtisch das Blatt mit der Adresse der Frau Kahlbeck und deren Telefonnummer genommen. Er bekommt einen roten Kopf und lächelt Kottan verlegen an.
„Was ist los?“
„Hausfrau im besten Alter, charmant, diskret und lieb“, rezitiert Schrammel.
„Du kennst die Kahlbeck?“ fragt Kottan mißtrauisch.
„Ich kenne ihre Telefonnummer“, erklärt Schrammel eifrig. „Steht jeden Tag in der Zeitung.“
„Wieso?“
„Bei den Hostessen.“
„Du spinnst ja!“ brüllt Kottan.
„Soll ich eine Zeitung holen?“ bietet Schremser an.

„Nein“, sagt Kottan; schon wieder leise. „Das gibt’s doch nicht. Die schaut nicht so aus. Überhaupt nicht.“
„Die gnädige Frau geht auf den Strich“, höhnt Schremser, „und du merkst nichts.“
„Du hast vor einer halben Stunde einen dringenden Besuch angekündigt“, erinnert ihn Kottan.
„Ich geh ja schon.“
Schremser verläßt wirklich, immer noch amüsiert, das Büro.
„Wieso weißt du über die Nummern aus der Zeitung so genau Bescheid?“ will Kottan von Schrammel wissen.
„Nur so.“
„Jaja“, sagt Kottan in ähnlich spöttischem Tonfall wie eben noch Schremser. „Informiert sein ist alles.“
Jetzt weiß er auch, was er gestern in der Wohnung der Frau Kahlbeck übersehen hat. Die Strümpfe auf dem Wäschetrockner. Wer trägt heute noch Strümpfe?

6

Kottan steht zum zweiten Mal vor dem Haustor in der Hellwagstraße und tippt mit dem Daumen der linken Hand gegen die Glocke.
„Ja“, meldet sich Frau Kahlbeck rasch.
„Kottan.“
„Haben Sie vorhin angerufen?“
„Nein“, sagt Kottan.
„Dann tut es mir leid.“
„Polizei. Ich war gestern schon bei ihnen.“
„Hört das nicht mehr auf?“
Kottan betritt das unbeleuchtete Stiegenhaus, geht den langen Gang nach vorn zur Wohnungstür der Frau Kahlbeck. Die Tür ist offen. Frau Kahlbeck sitzt mit übereinandergeschlagenen Beinen auf der Couch im Wohnzimmer: im anscheinend unvermeidlichen Morgen- bzw. Abendmantel.

„Was ist jetzt wieder? Stehen Sie gern?“
„Sie sind registriert“, sagt Kottan schnell, mustert den Wandverbau und bleibt stehen. Sie reagiert kaum auf sein offensichtliches Wissen.
„Ist mein Mann deswegen nicht tot?“
„Ich habe gestern nichts gemerkt.“
„Ich weiß schon“, sagt sie und kichert. „Ich sehe nicht so aus.“
„Sie hätten es mir sagen können.“
„Sie hätten mich fragen können. Was ändert das jetzt in Ihren Ermittlungen?“
„Nichts . . . voraussichtlich. Wie lang machen Sie das?“
„Fast ein Jahr.“
„Vorher nicht?“
„Nein. Der Herbert hat recht anständig verdient.“
„Bekommen Sie keine Rente?“
„Doch. Was glauben Sie, was die Wohnung kostet? Die Rückzahlungen und die Betriebskosten?“
„Sie hätten eine Arbeit annehmen können.“
„Einer Friseuse rennt heute keiner nach.“
„Wer zwingt Sie wirklich dazu?“
„Niemand zwingt mich. Nichts. Ich mache das nur für mich.“
„Das glaube ich nicht.“
„Glauben Sie es eben nicht!“
„Spritzen Sie was?“ Er hält ihren rechten Arm.
„Nein.“
Er läßt ihren Arm los, mustert wieder den Wandverbau, weil er nicht weiter weiß.
„Ich passe schlecht in Ihr Programm, was? Es ist gar nicht so schwer, noch dazu, wo die meisten Typen, die hier aufmarschieren, ordentlich enttäuscht sind von mir. Das gefällt mir. Die fangen zu handeln an. Ich lasse nicht mit mir handeln.“
„Haben Sie keine Angst?“
„Nein. Warum?“

„Sie sind Amateur."
„Irrtum. Ich bin fast perfekt."
„Ja?"
„Eine neue Sprache habe ich obendrein gelernt."
„So?"
„Ja, Schatzi", sagt sie. Sofort hat sie einen ganz anderen Ausdruck im Gesicht, findet Kottan.
„Lassen Sie das."
Sie läßt sich nicht aufhalten.
„Da legst das Geld hin. Wirst ja wissen wieviel. Was ist? Steh nicht so verloren herum, Schatzi. Hast kein Interesse an französischen Wochen?"
„Hören Sie auf", verlangt Kottan. Er geht weiter zur nächsten Tür, die über einen schmalen Verbindungsgang ins Schlafzimmer führt.
„Geh nur voraus, Schatzi. Ich komm gleich nach!"
Kottan schaut sich ausdruckslos im Schlafzimmer um. Die langen Vorhänge sind zugezogen. Ein gewöhnliches Doppelbett steht mitten im Zimmer.
„Normal", sagt er und zuckt mit den Schultern.
„Nicht ganz", sagt sie. Auf dem Plafond über dem Bett ist ein Spiegel. „Als Detektiv sind Sie schwach."
Bereits wieder im Wohnzimmer zieht Kottan die Fotografie Haumers aus seinem Mantel.
„Ist das der Versicherungsmensch?"
„Ja."
„Bestimmt?"
„Hören Sie schlecht?"
Kottan steckt das Bild wieder ein. Über die Tapete wandert sein Blick zum Plafond.
„Was ist mit der Jugoslawin? Haben Sie sich ein zweites Mal beim Kommissariat beschwert?"
„Ich war bei ihr oben", sagt sie leise. „Gestern noch. Alles erledigt."
„Ein Bub oder ein Mädchen?"
„Wie meinen Sie das?"

„Was ist es geworden?“
„Die kriegt gar kein Kind, hat *nur so* Schmerzen gehabt und sich nicht in ein Spital getraut. Unterversichert oder gar nicht versichert.“
„Und?“
„*Ich* habe ihr die Rettung gerufen. War höchste Zeit. Blinddarmdurchbruch. Ich werde sie besuchen, am Nachmittag.“
„Sie machen Sich gut als Pfadfinder“, sagt Kottan.
Es läutet an der Tür.
„Besuch?“ fragt Kottan.
„Ja. Stammkundschaft . . . sozusagen. Der ist nett. Kriegt eine Fürsorgerente, schnorrt, spendet sogar Blut für Geld, damit er sich mich leisten kann. Mich.“
Sie öffnet die Eingangstür. Ein älterer, etwas verwahrloster, nach Alkohol riechender Mann kommt ins Vorzimmer; ein Froschlächeln im Gesicht.
„Kannst schon vorgehen, Schatzi“, sagt sie in der Sprache, die sie Kottan eben demonstriert hat. Sie zeigt in Richtung Schlafzimmer. Der Mann kennt sich aus und geht wortlos weiter.
„Und so einer muß sein?“ wundert sich Kottan, schon im dunklen Stiegenhaus.
„Ein Wunschkonzert ist das nicht“, antwortet sie.

7

Die Paris-Bar befindet sich im achten Bezirk: ein ehemaliges Kaffeehaus. Es ist wenige Minuten nach zehn Uhr, als Schremser den großen Gastraum betritt und den riesigen Messinggriff der Tür losläßt. Die Tür schließt von selbst und völlig geräuschlos. Der Betrieb in der Paris-Bar beginnt erst um elf, dauert dann aber bis vier Uhr früh an. An der langen Theke (fast Cinemascope-Western-Format, fällt Schremser

unwillkürlich ein) steht Josef Weilhartner. Er erkennt den Kriminalbeamten sofort.
Außer Weilhartner, dem Pächter und Geschäftsführer der Bar, ist die Putzfrau, eine Jugoslawin, mit einem Emailkübel im Lokal unterwegs. An einem Tisch neben der Garderobe sitzen zwei junge Frauen. Die größere der beiden, eine Schwarzhaarige mit Roßschwanz, kurzem Rock und weißen Strümpfen, erzählt ziemlich enthusiastisch von einem Rudel betrunkener Tiroler, die gestern ausgenommen worden sind. Die andere, eine ungekämmte Blonde, schlägt mit ihren Bleistiftabsätzen den Takt des Musikautomaten mit. Sie hat den gestrigen Tag ausgelassen und ärgert sich über die entgangene Chance. Schremser beachten sie nicht.
Über den Tischen ist ein weitmaschiges Netz gespannt, auf dem am Abend eine Indonesierin mehrmals über den Köpfen der Gäste ihre Vorstellung gibt. Der Musikautomat ist fast ein Wegweiser. Von ihm führt ein schmaler Gang zu den rot gepolsterten Separées, die in der Nacht noch mit einer zusätzlichen Dosis Rot beleuchtet werden.
„Soll ich wieder wen finden?" fragt Weilhartner und läßt den Griff der Espressomaschine nicht aus.
„Ja", sagt Schremser, jetzt bereits ganz nah.
„Wie oft noch?"
„Sind wir schon quitt?"
„Wer darf es heute sein?" resigniert Weilhartner. Er weiß, daß er Schremser längst nicht mehr verpflichtet ist. Er weiß aber auch, daß eine Bemerkung Schremsers ausreichen würde, um eine eingehende Prüfung der Bar zu veranlassen.
„Ein gemeinsamer Bekannter", sagt Schremser schnell. „Der Haumer."
„Interessiert Sie ein so kleiner Fisch?"
„Ja." Schremser schließt die Augen, macht sie erst nach ein paar Sekunden wieder auf. „Also, was ist?"
„Keine Ahnung."
„Das sagen Sie jedesmal."

„Ich kann ja nicht jeden finden. Was liegt überhaupt vor gegen ihn?"
„Nichts", gibt Schremser zu. „Ein Totenschein höchstwahrscheinlich."
„Er hat . . .?" fragt Weilhartner ungläubig.
Schremser schüttelt den Kopf.
„Er ist."
„Ich muß telefonieren."
„Von mir aus."
Schremser dreht sich in den Gastraum um, stützt beide Ellbogen auf die Theke. Er macht einen Blick zum Netz.
„Eine Extravorstellung gefällig?" bietet Weilhartner an.
„ Von Ihnen? Danke."
Schremser beobachtet die beiden Frauen, die sich ein Tonic teilen. Weilhartner zieht sich in ein Nebenzimmer zurück. Mit ihm verschwindet auch das Gemisch aus Mund- und Rasierwasser. Jetzt überwiegt wieder der kalte Rauch tausender Zigaretten der letzten Nacht. Schremser folgt dem Geschäftsführer nach wenigen Sekunden zur Tür, schiebt die Tür etwas auf und späht ins Zimmer. Ein Raum ohne Fluchtmöglichkeit, stellt Schremser fest. Weilhartner sitzt in einem ständig knisternden Korbsessel und wählt tatsächlich eine Telefonnummer.
Die Blonde hat inzwischen mit dem rechten Fuß ihren Schuh verlassen und versucht die Zehen zu spreizen. Schremser steht längst wieder an der Theke und gähnt, als Weilhartner aus dem Zimmer zurückkehrt.
„Nichts?"
„Doch", nickt Weilhartner. „Ich habe die Adresse."
„Her damit", sagt Schremser, legt Block und Kugelschreiber auf die Theke und bläst seine Finger an wie ein Tennisspieler vor dem ersten Aufschlag.
„Springergasse 12. Zweite Stiege."
„Im Hinterhaus?"
„Ja. Die Wohnung ist im ersten Stock. An der Wohnungstür steht Melzer."

„Warum?"
„Glauben Sie, der ist so verrückt und schreibt seinen eigenen Namen groß an die Tür?"
„Warum nicht? Als kleiner Fisch." Er klappt den Block zu und zeigt auf die volle Kaffeeschale auf der Theke. „Der wird kalt."
„Sehr aufmerksam."
„War es leicht?"
„Was?"
„Die Adresse herauszubekommen."
„Ja."
Schremser greift nach seiner zweiten, angelehnten Krücke.
„Wiedersehen."
„Nichts verschreien", sagt Weilhartner.

Kottan sitzt allein hinter seinem Schreibtisch. Im krassen Gegensatz zur Wettervorhersage ist es ein fast heißer, windstiller Tag geworden: ein Temperaturunterschied zu gestern von beinahe 15 Grad. Der Umschwung ist einigen auch prompt ins Gehirn gestiegen. In Währing hat einer nach dem Frühstück seine Mutter aus dem Fenster geworfen, in Ottakring einer seine komplette Wohnzimmereinrichtung. Kottan fühlt sich auch ziemlich müde.
Der Fall entwickelt sich langsam, eigentlich noch gar nicht. Die Identität des Toten ist nach wie vor keineswegs als gesichert zu bewerten, obwohl alle bekannten Umstände auf Erwin Haumer hinweisen. Seit Jahren plädiert Kottan vergeblich dafür, von Vorbestraften außer Fingerabdrücken und Fotografien auch ein Blutbild herstellen zu lassen. Die Blutgruppe des Toten ist bekannt: B1, positiv. Diese Erkenntnis hilft aber keinen Schritt weiter.
Um zehn hat Kottan eine auffordernde Meldung an die Presseagentur gegeben. Spitäler, in denen Haumer in Behandlung war, sollen sich bei ihm melden. Oder auch ein Zahnarzt, der ordentliche Behandlungskarten führt. Auf-

zeichnungen eines Spitals oder eines Zahnarztes könnten endgültige Gewißheit bringen.
Kottan läßt außerdem Schrammel alle Anzeigen überprüfen, die in den letzten Wochen bei den Wachstuben des zweiten und zwanzigsten Bezirks eingegangen sind. Vielleicht sind Beschwerden über Schießübungen aufgetaucht. In der Nähe des Handelskais. Kottan glaubt zwar immer noch nicht an einen Zufallsschuß, aber er will auch da völlig sicher gehen.
Schremser trifft kurz vor elf ein. Kottan sieht an seinem Blick, daß er die Adresse Haumers in Erfahrung gebracht hat. Schremser läßt sich geräuschvoll auf den Sessel fallen, auf dem vor zwei Stunden der Altwarenhändler seinen Diebstahlsbericht zum Besten gegeben hat. Schremser macht das Wetter ebenfalls zu schaffen: Atemnot.
„Was hast du vor?"
„Wir gehen einfach hin", sagt Kottan. „Gleich."
„Ohne Hausdurchsuchungsbefehl?"
„Hält uns nur auf."
Gleich wird aber doch nichts draus. Oberstleutnant Pilch stürmt ins Zimmer, will ausnahmsweise nichts über den derzeitigen Fall wissen, nur, ob Schremser und Kottan schon beim Blutspenden im Parterre waren. Das Rote Kreuz führt heute seine jährliche Aktion im Haus durch.
„Wir müssen weg", will sich Kottan herausreden.
„So viel Zeit wird schon noch sein, Kollege Kottan. So viel Zeit wird sein müssen."
Bevor Kottan oder Schremser etwas erwidern können, ist Pilch schon wieder auf dem Gang.
„Vampir", knurrt Schremser.
„Auf die Weise werden wenigstens die Blutgruppen der Beamten erfaßt", sagt Kottan.
Vor dem Paternoster treffen sie auf Meixner (Raub-Dezernat), der anscheinend gerade vom Blutspenden kommt. Er drückt noch den linken Unterarm fest gegen den linken Oberarm.

„Das Sicherheitsbüro verblutet“, befürchtet er.
Kottan und Schremser stimmen ihm mit fast gleichzeitigen Kopfbewegungen zu.

Oberstleutnant Heribert Pilch hat hinter seinem Schreibtisch einen in der Höhe verstellbaren Drehhocker, der stets auf der höchsten Stufe fixiert bleibt. Pilch hat so zwar hin und wieder Schwierigkeiten beim Besteigen des Hockers, dafür ist er beim Sitzen kaum kleiner als im Stehen. Bei der letzten, enttäuschenden Größenmessung (in der Abschlußklasse) kam der Dezernatsleiter auf 1 Meter 56. Seither ist Pilch, mittlerweile 51, höchstens kleiner geworden. Seine Begegnungen mit Kottan verlaufen nur selten friedlich.
Pilch bereitet das Wetter genauso Probleme, allerdings nicht hinsichtlich seines körperlichen Zustandes. Wenn er außer jedem einzelnen Mörder und gelegentlich Kottan jemand als persönlichen Feind betrachtet, so sind das Fliegen; Fliegen in jeder Ausführung. Es gibt für Pilch nichts Unerträglicheres als das Summen von Stubenfliegen und das dröhnende Brummen von Fleischfliegen.
Dieser Tick des Dezernatsleiters ist bekannt und wird durchwegs toleriert. Auch ein Uneingeweihter weiß über Pilch sofort Bescheid, wenn er sein Zimmer betritt. Sechs Fliegenstreifen hängen in dem kleinen Büroraum vom Plafond.
Ein paar warme Tage noch wie heute und der erste größere Angriff der Kleinen Stubenfliege *(Fannia cannicularis)* ist unausbleiblich, weiß Pilch. Er greift mit der rechten Hand nach seinem Schulterhalfter, um sich zu vergewissern. Da steckt anstatt der Dienstwaffe eine Fliegenklappe: ein filigranes Modell zum Aufklappen.

8

Edvin Lund heißt für die Dauer seines Wien-Aufenthalts Schroth. Auf diesen Namen lautet auch der deutsche Paß in der Nachttischlade: Walter Schroth. Den Paß hat Lund mit zwei anderen Personalausweisen in Saarbrücken erstanden. Erstklassige Dokumente. In Wien ist er bereits vor zehn Tagen eingetroffen. Von Italien aus hat er den am meisten frequentierten Grenzübergang gewählt: die Autobahngrenze am Brenner.

Beim Grenzübertritt gab es nicht einmal den Schimmer einer Schwierigkeit, obwohl Lund in einem Leihwagen aus München saß. Sein Reisegepäck bestand aus zwei Koffern und einer Faltreisetasche. Der eine Koffer hatte einen doppelten Boden und war wesentlich schwerer als der andere. Nicht einmal den Kofferraum mußte Lund für die österreichischen Grenzbeamten öffnen. Bestimmt hätten auch die deutschen Zollbeamten bei einer Routinekontrolle nichts entdeckt. Trotzdem verließ Lund schon vor Kufstein die Autobahn, fuhr über Lofer und Zell am See nach Salzburg, da wieder auf die Autobahn und weiter nach Wien. Er hielt sich strikt an die Geschwindigkeitsbeschränkung, um auf keinen Fall die Aufmerksamkeit von Gendarmerie-Streifen auf sich zu lenken.

Die Garconniere wurde vor drei Wochen von einem Gewährsmann gemietet, die Miete für vier Monate im voraus bezahlt. Ein anonymes Zimmer mit Küche und Bad in einer neuen Hochhausanlage in Wien-Donaustadt. Das Zimmer ist billig und einfallslos möbliert. Das Telefon in grau benutzt Lund höchstens, um die automatische Zeitansage anzurufen.

Lund wird demnächst 35, ist 1 Meter 84 groß, hat braune Haare und den harmlosen Blick eines Kurzsichtigen. Seinen eigentlichen Namen, er wurde in der Nähe von Kopenhagen geboren, hat er schon seit Jahren nicht mehr verwendet. Er war auch seit Jahren nicht mehr in Dänemark. Außerdem

denkt er längst nur mehr französisch und deutsch. Vielleicht käme es zu einer Ausnahme, wenn er in eine kritische Situation geraten würde, die er bis jetzt zumindest stets vermeiden hat können. Seit zwei Jahren arbeitet er weitestgehend allein. Die Tatsache, daß er akzentfrei Deutsch sprechen kann, ist allerdings hier direkt ein Manko: richtig auffällig.
Mit dem Auftraggeber in Wien trat Lund nur von großen Postämtern und öffentlichen Fernsprechern in verkehrsreichen Straßen in Verbindung. Der Auftraggeber ist an Lund nur durch etliche Umwege herangekommen. Er hat keine Möglichkeit, auch jetzt nicht, Lund selbständig und plötzlich zu erreichen.
Für Lund ist der Auftrag, jemand zu ermorden, nichts Neues. Es ist ihm auch lieber, wenn der Auftrag in einer Stadt durchgeführt wird, in der er bis jetzt noch nicht in Erscheinung getreten ist. Wien kannte er nur aus einem Kinofilm, den er im deutschen Fernsehen gesehen hat: *Der dritte Mann*. Im Kanalnetz wird sich Lund nicht verstecken müssen. Vom Auftraggeber hat er sich die Anzahlung (65 Prozent), den Namen des Opfers und das Material über das Opfer hinterlegen lassen. Er hat das Material nicht persönlich abgeholt.
Der Mann, der getötet werden sollte, hieß Erwin Haumer. Lund interessierte und interessiert auch hier nicht im geringsten, warum einem Auftraggeber etwas an der Beseitigung einer Person gelegen ist. Er führt seine Arbeit aus. Für die *Operation* in Wien wurde ein Honorar von 50 000 Dollar vereinbart: Durchschnitt. Ein leichter, gewöhnlicher Auftrag, war Lund von Anfang an sicher, ein Kinderspiel. Er sollte nicht einmal falsche Spuren zurücklassen, die auf Raub oder eine bestimmte Person als Täter hinweisen würden.
Die notwendigen Beobachtungen führte Lund auf jeden Fall gewissenhaft wie immer durch; bereits in einem österreichischen Mietwagen. Der Plan war bald fertig, unkompliziert, fast risikolos und wartete nur auf ein Datum.

Heute mußte Lund in einer Tageszeitung, die er in der Innenstadt besorgt hatte, vom tödlichen Unfall des Erwin Haumer lesen. Er meldete sich nicht sofort bei seinem Auftraggeber, wartete ab. Erst jetzt, kurz vor Mittag, befindet er sich in einer Telefonzelle auf dem Schnellbahnhof Praterstern. Er wählt die Nummer, die er auswendig kann. Ihm ist es schon möglich, den Auftraggeber direkt anzuwählen, was er selbst (vom Standpunkt des Auftraggebers) für extrem unvorsichtig hält.

„Ausgezeichnet gemacht“, lobt der Mann am anderen Ende der Leitung gleich. „Ich lese gerne von Ihnen.“

„Es war nur ein Unfall“, sagt Lund.

„Jaja.“

„Hören Sie zu!“ fährt ihn Lund an. „Ich war es nicht! Verstehen Sie das?“

„Ja“, tönt es unsicher und recht verständnislos aus dem Hörer. „Sie bekommen trotzdem Ihr Geld wie ausgemacht.“

„Selbstverständlich. Wenn es ein Unfall war, ist es ja nicht meine Schuld. Dieser Unfall ist mir verdächtig. Ihnen nicht?“

„Nein. Ich hatte noch keine Zeit darüber nachzudenken.“

„Vielleicht ist der Unfall eine Finte.“

„Lächerlich“, reagiert der Auftraggeber schnell.

Übertrieben, findet Lund.

„Ein Toter als Finte? Von wem?“

„Von Ihnen.“

„Unsinn. Wann reisen Sie ab?“

„Ich bleibe noch ein paar Tage in der Stadt.“

„Wieso?“

„Geht Sie nichts an.“

Lund legt auf, kommt aus der Telefonzelle, sieht sich um. Niemand ist in der Nähe, der zugehört haben könnte. Lund geht quer durch die Halle zum Ausgang. Einer der Obdachlosen, die sich hier täglich versammeln, rempelt ihn an. Lund läßt sich nicht darauf ein und geht ruhig weiter.

Er bleibt auf einer Bank vom Stadtgartenamt vor dem Bahnhof, beobachtet eine Zeit lang eine einsame Blumenfrau, die Selbstgespräche führt. Das ist der erste von insgesamt zwölf Aufträgen, bei dem etwas danebengegangen ist. Vielleicht hat der Idiot gleich zwei beauftragt, überlegt er, verwirft den Gedanken aber schnell wieder. Er will tatsächlich noch zuwarten. Die zunächst überstürzte und dann ängstliche Reaktion des Auftraggebers macht ihn nachdenklich. Vielleicht hat der aber auch nur Angst vor einer möglichen Erpressung durch ihn, fällt ihm ein. Diese Angst ist unbegründet, weiß Lund. Er ist kein Erpresser.
Der Gedanke, etwas vorbereitet zu haben, eine Waffe besorgt zu haben . . . für nichts, ärgert ihn. Dazu kommt noch: Wenn Lund etwas mißtrauisch oder fast hysterisch machen kann, dann sind es Zufälle.

9

Schremser und Kottan sind bereits an der Hausbesorgerwohnung, den Postfächern, der vergilbten Hausordnung und am Aufgang der Stiege 1 vorbei. Die Tür zum Hof mit den Milchglasscheiben ist nur angelehnt. Im engen Hof steht ein gestutzter Kastanienbaum mit rosa Blüten. Neben den Mülltonnen ist eine vergitterte Kiste mit gefleckten Kaninchen.
„Stehenbleiben!" befiehlt eine resolute Stimme hinter ihnen.
Kottan dreht sich erschrocken um. Schremser hat bereits die mit Bodenfarbe gestrichene Tür zum Hinterhaus geöffnet. Eine etwa 50-jährige Frau mit zurückgekämmten, fast weißen Haaren kommt vom Vorderhaus in den Hof. Sie hat eine Schürze umgebunden.
„Wo wollen Sie hin? Das ist kein Durchhaus."

„Sie sind die Hausbesorgerin?“ fragt Kottan zurück.
„Ja.“
„Direkt ein Weltwunder“, sagt Schremser. In den meisten Zinshäusern gibt es längst keine Hausbesorger und Hausbesorgerinnen mehr. Ausländer erledigen die Reinigung, die Hausbesorgerwohnungen werden zügig umgewidmet und zu Geschäftslokalen umgebaut.
„Seit zwanzig Jahren bin ich da Hausmeisterin. Und die nächsten zwanzig Jahre auch.“ Sie steckt einen kleinen Kamm fester in ihre Haare, bevor sie sich wiederholt. „Wo wollen Sie hin?“
„Polizei“, sagt Kottan und präsentiert seine Legitimation.
„Ist die echt?“ bleibt die Hausbesorgerin skeptisch.
„Wollen Sie hineinbeißen?“
„Josefine Merinsky heiße ich“, berichtet die Frau in nicht wesentlich verändertem Ton.
„Wir müssen hinauf in den ersten Stock“, erklärt Schremser und zeigt mit der rechten Krücke ins Stiegenhaus des hinteren Gebäudes. „Zum Haumer.“
„Der ist bestimmt nicht daheim. Ein paar Tage habe ich den schon nicht gesehen.“
„Haben Sie einen Schlüssel zu seiner Wohnung?“
„Schon.“
„Dann holen Sie ihn“, verlangt Kottan. „Wir werden einen Blick riskieren.“
„Dürfen Sie das?“
Kottan gibt keine Antwort, Frau Merinsky macht immer noch ungehalten kehrt und kommt nach einer Minute mit einem schweren Schlüsselbund wieder.
„Welcher es ist, weiß ich auch nicht“, stellt sie fest und geht vor den Polizeibeamten die abgetretenen Stufen hinauf.
„Das ist die Wohnung. Türnummer 9a.“
„Da steht aber Melzer“, sagt Kottan.
„Glauben Sie“, grinst die Hausbesorgerin, „der ist so blöd und hängt seinen eigenen Namen an die Tür?“

Schremser lacht, weil er den Satz fast wortwörtlich heute schon einmal gehört hat.
„Wieso nicht?“ will Kottan wissen, der nicht mitlachen kann. Schremser bricht sein Lachen ab.
„Vielleicht haben den Haumer auch andere gesucht“, sagt die Hausmeisterin. „Melzer hat der Vormieter geheißen. Hat sich aufgehängt, 1972, weil seine Firma in Konkurs gegangen ist.“ Sie überreicht Kottan die Schlüssel. „ Wollen Sie? Ist ja ein Geduldsspiel.“
„Was ist mit dem Hund?“ fragt Schremser.
Unter dem einfachen Namensschild ist ein rundes, glänzendes Schildchen mit einem Hundekopf angebracht: Achtung – bissiger Hund.
„Der wohnt auch nicht mehr da“, sagt die Hausmeisterin.
Schon mit dem dritten Schlüssel hat Kottan Erfolg. Die Tür quietscht beim Aufschieben. Kottan tastet nach einem Lichtschalter, weil der Vorraum der Wohnung kein Fenster aufweist. Als die verstaubte Deckenlampe endlich leuchtet, kommt Schremser in die Wohnung und schließt vor der Hausmeisterin die Tür. Frau Merinsky wirft ihm noch einen empörten Blick zu. Mit ihrem so plötzlichen Ausschluß hat sie nicht gerechnet. Ihre Laune ist heute ohnehin nicht die beste, seit ihr der Briefträger am frühen Vormittag eine Ansichtskarte gebracht hat, die vor zwölf Jahren in Bibione aufgegeben worden ist. Sie hat noch Strafporto bezahlen müssen.
Im Vorraum wissen Kottan und Schremser sofort, daß irgendjemand die Wohnung Erwin Haumers durchsucht haben muß. Die beiden Laden aus einem grün lackierten Telefonschrank sind herausgerissen worden. In der unteren Lade sind nur eine Unzahl von Nylontragtaschen mit Aufdrucken verschiedener Firmen und nicht verwendete Schuhbänder. In der zweiten Lade sind Filzschreiber, Klebstoff, Flaschenöffner, Korken und Büroklammern.
Eine Tür führt ins Badezimmer und zum Klo. Der Schrank über der Waschmuschel ist ebenfalls durchsucht worden.

Sogar die Kleiderablage im Vorraum ist aus der Wand gerissen worden. Schremser schnuppert wie eines der gefleckten Kaninchen im Hof. Zur abgestandenen Luft mischt sich ein süßlicher Geruch. Nach einem Verständigungsblick mit Kottan reißt Schremser die tapezierte Tür zum nächsten Zimmer auf.
Jetzt ist es Gewißheit: Verwesungsgeruch. Schremser bleibt im Vorraum, Kottan läuft zu einem der beiden Fenster, öffnet es schnell, wobei eine Scheibe in Trümmer geht. Kottan läßt das Rollo nach oben schnellen, dann öffnet er das zweite Fenster. Er lehnt sich weit nach draußen. Schremser beugt sich inzwischen aus dem zuerst geöffneten Fenster. Erst nach Minuten dreht sich Kottan ins Zimmer um, er preßt ein Papiertaschentuch gegen sein Gesicht. Ein Wohnzimmer. Auch hier herrscht Unordnung. Die Kästen sind geöffnet und durchsucht worden, Jacken und Mäntel liegen auf dem Parkettboden verstreut, ein Schreibtisch in einer Ecke steht nur mehr wie ein Gerippe da.
Denn entdeckt Kottan die *Leichen*. In einem Käfig, der auf einem quadratischen Hocker steht, liegen zwei tote Streifenhörnchen. Verhungert, denkt Kottan. Gleich darauf bemerkt er, daß vier angefüllte Futterbehälter offenbar eigens aus dem Käfig genommen worden sind. Die Behälter stehen nur einen Meter vom Käfig entfernt auf dem Fußboden; gefüllt mit jetzt braunen Äpfelstücken, Erdnüssen mit Schalen, Sonnenblumenkernen. Schremser öffnet eine weitere Tür: ein Schlafzimmer, ebenso verwüstet.
Kottan und Schremser beeilen sich wieder zu einem der Fenster. Der Geruch ist kaum auszuhalten.
„Wenn da überhaupt was zu finden war, ist es gefunden worden“, glaubt Schremser.
„Da bin ich mir nicht so sicher“, antwortet Kottan.
„Hier ist gründlich gesucht worden.“
„Stimmt. Aber der Haumer war intelligent genug, ein sicheres Versteck zu finden, wenn er etwas zu verstecken hatte.“

„Dann eben nicht hier.“
Kottan zeigt auf einen bunten, blechernen Teebehälter, der auf dem Sims zwischen den beiden Fenstern steht. Schremser holt die Blechschachtel mit einer Krücke zu sich heran. Kottan macht die Schachtel auf, berührt sie dabei aber nur vorsichtig mit einem zweiten Papiertaschentuch. Im Behälter sind zwei Blatt Papier, zusammengefaltet und beschrieben. Namen und Telefonnummern sind da notiert. Die Namen sind zum Teil nur mit Abkürzungen angeführt. Zwei Tonbandkassetten ohne Hülle befinden sich ebenfalls in der Teeschachtel.
„Fast genial“, sagt Schremser. Er meint damit einerseits das Versteck, andererseits die Tatsache, daß Kottan dieses Versteck nicht entgangen ist.
„Nein“, sagt Kottan. „Habe ich beim Hinausbeugen entdeckt.“
„Nur Zufall?“
Kottan nickt. Er verschließt die Blechschachtel, stellt sie wieder auf das Sims, jetzt aber in Griffweite vom rechten Fenster.
„Jetzt brauchen wir ihn doch“, meint Kottan.
„Wen denn?“
„Den Hausdurchsuchungsbefehl“, sagt Kottan. „Vorschrift ist Vorschrift.“
Frau Merinsky lauert (wie von beiden erwartet) noch immer vor der Wohnungstür im ersten Stock. Kottan sperrt von außen ab.
„Was gefunden?“ Sie scheint sicher zu sein, daß es in der Wohnung Haumers etwas von Interesse sicherzustellen gab. Schremser schüttelt den Kopf.
„Wir lassen noch jemand kommen“, erzählt ihr Schremser. „Sie warten in ihrer Wohnung mit den Schlüsseln. Sagen Sie, hat der Haumer öfter Besuche gehabt?“
„Nein. Nie.“
„Wie lang wohnt er schon da?“
„Ein halbes Jahr ungefähr.“

„Hat Sie das nicht gewundert, daß er in den letzten Tagen hier nicht aufgetaucht ist?"
„Gar nicht. Ist nicht das erste Mal. Außerdem kann ich nicht ununterbrochen auf dem Posten sein. Hin und wieder kommt man auch an mir unbemerkt vorbei."
„Haben Sie jemals die Wohnung aufgesperrt", fragt Kottan, „wenn er nicht daheim war?"
„Mehrmals. Früher. Er hat seine Viecher von mir versorgen lassen."
„In den letzten Tagen waren Sie aber nicht in der Wohnung."
„Ich nicht." Sie macht eine deutliche Pause. „Der hat seine Ratten gleich für längere Zeit selber verpflegt. Mit einem Futterautomat, glaube ich. Das war ihm anscheinend lieber als meine Fürsorge. Ein Tiernarr."
Kottan ist die Pause auch aufgefallen. Er zielt mit dem Schlüsselbund auf die Wohnungstür.
„War sonst jemand da, nach dem Haumer fragen?"
„Ja." Die Hausmeisterin spricht jetzt sehr schnell. „Vor acht Tagen. Zwei Männer. Haben auch einen Polizeiausweis hergezeigt."
„Der war nicht echt?"
„Nein. Die waren bestimmt nicht von der Polizei. Habe ich gleich gesehen, ich bin nicht sehbehindert. Als ich die Schlüssel nicht hergeben wollte, haben sie mich in meine Wohnung gesperrt und sind heraufgegangen."
„Und? Sie haben keinen Lärm geschlagen?"
„Die haben gemeint, es sei besser für mich, wenn ich mich *mucksmäuschenstill* verhalten würde."
„Wie lang sind die Herrschaften hier oben geblieben?"
„Eine Stunde vielleicht. Ich hab keine Uhr."
„*Nachher* hatten Sie auch nicht das Bedürfnis, in der Wohnung Nachschau zu halten?"
„Das Bedürfnis schon", gibt sie sofort zu. „Die beiden haben mir das nicht gerade empfohlen. Ich bin nicht drinnen gewesen."

„Sie warten also auf den Beamten“, sagte Schremser noch einmal, während die Hausmeisterin den Schlüsselbund wieder an sich nimmt. „Dann kommen Sie mit zu uns. Wir machen ein Protokoll.“
„Und Ihre Fotos darf ich nicht anschauen?“ fragt sie mit gespielter Sorge.
„Bestimmt dürfen Sie.“
„Und nachher werde ich Ihrem Zeichner meine Beobachtungen schildern.“
„Auf den müssen Sie verzichten“, teilt ihr Schremser bedauernd mit. „Den borgt das Fernsehen nicht her.“
In etwa einer Stunde wird Schrammel mit dem von Pilch besorgten Hausdurchsuchungsbefehl und einer Gruppe von der Spurensicherung eintreffen. Schrammel wird den Behälter auf dem Sims bemerken, weil er vorher darauf hingewiesen worden ist. Etwa eine weitere Stunde später sollte die Teeschachtel (Lotus-Tea) endgültig auf Kottans Schreibtisch landen.
„Tüchtig“, wird Schremser anerkennend zu Schrammel sagen. „Bravo.“
Oberstleutnant Pilch wird dabeistehen und über den Grund für den Blickwechsel zwischen Kottan und Schremser rätseln.

10

Kottan hat die Jacke ausgezogen, sitzt beim Schreibtisch und streckt die Beine aus. Die Ärmel seines gestreiften Hemds mit Kurzkragen sind bis zu den Ellbogen hochgerollt. Die Notizen stammen wahrscheinlich von Erwin Haumer selbst, wie ein vorläufiger Schriftvergleich mit einem Brief aus dem Akt ergeben hat. Experte ist Kottan auf dem Gebiet nicht. Auf dem ersten Blatt stehen insgesamt drei Namen, zu denen auch die ebenfalls vermerkten Telefonnummern gehö-

ren. 1) Jakob Uhrmacher, abgekürzt hingeschrieben, Besitzer eines Kaffeehauses mit Bridgeclub und einer Diskothek; Tel.: 312400. 2) Alfons Stoiber, der ebenfalls abgekürzt angeführt wird, Mitbesitzer und Manager einer Foto- und Film-Geschäftskette; Tel.: 240609. 3) Robert Pellinger, ohne Berufsangabe im Telefonbuch; Tel.: 361788.
Pellinger ist der einzige der drei Männer, der mit Eintragungen im Strafregister aufscheint: einmal leichte Körperverletzung, zweimal Zuhälterei. Er ist 35 Jahre alt. Die letzte Eintragung liegt mehr als vier Jahre zurück.
Kottan und Schremser haben noch keine Idee, wieso die drei Männer zusammen auf ein Blatt Papier gekommen sind. Auf den zweiten Zettel ist nur ein Frauenname geschrieben worden: Ilona.
Schrammel hat aus dem „Arsenal" einen Kassettenrecorder gebracht, dem nur mit Mühe ein Plätzchen auf Kottans Hauptschreibtisch verschafft werden kann. Auf der ersten Kassette ist auf beiden Spuren nichts zu hören, nur zweimal ein leises Knacksen, das die ungeduldig wartenden Beamten nicht recht interessiert. Vielleicht eine mißlungene Aufnahme. Auf der ersten Seite der anderen Kassette ist die Aufnahme in Ordnung. Ein langsam geführtes Gespräch eines Mannes mit einem Mädchen, das im Laufe des Gesprächs Ilona genannt wird.
„Der gleiche Name wie auf dem Zettel", sagt Schrammel an dieser Stelle rasch.
„Bravo", wiederholt Schremser.

Unkorrigierte Niederschrift des Gesprächs zwischen Ilona (Identität unbekannt) und einem Mann (Identität ebenfalls unbekannt); vielleicht Erwin Haumer.
Mann: Soll ich Fragen stellen oder willst du lieber drauflos erzählen?
Ilona: Ich weiß nicht, was du hören willst, was genau. Stell die Fragen.

Mann: Wie alt bist du?
Ilona: Das weißt du doch.
Mann: Ist nur für die Aufnahme, Ilona.
Ilona: Ich verstehe. 17 . . . bald.
Mann: Wann brauchst du deine nächste Spritze?
Ilona: In zwei Stunden. Spätestens.
Mann: Hast du die schon bei dir?
Ilona: Nein. Mein Freund ist auf Besorgung.
Mann: Hat der Geld dabei?
Ilona: Ja. Von dir. Dein Vorschuß für das blöde Interview da.
Mann: Beschafft ihr das Zeug immer gemeinsam?
Ilona: Ja. Meistens. (Sie lacht.) Wie Brüderchen und Schwesterchen.
Mann: Mit der Betteltour vor den Diskotheken und drinnen?
Ilona: Damit kannst dir höchstens das letzte Haschisch besorgen.
Mann: Also?
Ilona: Du weißt es genau.
Mann: Du sagst es, war ausgemacht.
Ilona: Ja. Ich rede eben Männer an, die so was wie mich notwendig haben, oder lasse mich anreden.
Mann: Du meinst . . .
Ilona: Du kannst das nennen, wie du willst.
Mann: Wie kommst du zu den Männern?
Ilona: Die finden uns schon. Spricht sich ja herum. Wir sind halt billiger und besser als die anderen.
Mann: Welche anderen?
Ilona: Die das immer schon gemacht haben.
Mann: Was heißt . . . besser?
Ilona: Zunächst einmal jünger. (Pause.) Jaja. Nicht mehr lang. Wenn das Gesicht fett und hin ist, wird der Rock kürzer. Für die Gürtel-Promenade oder ein Hotel reicht es dann immer noch.
Mann: Bist du polizeibekannt?

Ilona: Ich glaube . . . noch nicht. Hoffentlich. Horror machen die mir keinen. Haben mich schon öfter angehalten, aber nichts nachweisen können. Gummisocken gibt's bei mir nicht.
Mann: Keine Angst vor Krankheiten?
Ilona: Ewig lebst du auch nicht.
Mann: Und wenn du ein Kind kriegst?
Ilona: Kriege ich nicht.
Mann: Was macht dein Freund?
Ilona: Der probiert es auch.
Mann: Bei Frauen?
Ilona: Gibt mehr Warme, als du dir vorstellen kannst.
Mann: Womit hast du angefangen?
Ilona: Bier. Haschisch. Mit einem Freund, Zuckerbäckerlehrling.
Mann: Nicht dein jetziger Freund?
Ilona: Nein. Nimmst du nichts?
Mann: (überrascht) Kaffee.
Ilona: Zur Konzentration, was? Schon was von Captagon gehört?
Mann: Nein.
Ilona: Das wird ein idiotischer Artikel. Du hast keine Ahnung.
Mann: Das wird gar kein Artikel. (Pause.) Und später?
Ilona: Gras.
Mann: Was?
Ilona: Marihuana. Du weißt einen Schmarren. (Sie lacht.) Habe ich selbst gezogen daheim, auf der Veranda. Die Mama hat die Pflanzen schön gefunden.
Mann: Tabletten?
Ilona: Kaum.
Mann: Seit wann die Spritzen?
Ilona: Seit ein paar Monaten.
Mann: Was?
Ilona: Vitamine. (Sie lacht wieder los.) Du bist wirklich zu naiv. H. Heroin.

Mann: Wo?
Ilona: In der Disco hat mich einer angeredet. Der handelt damit, ist ganz ordentlich, aber selber süchtig und nur ein *Buckel* für die anderen.
Mann: Seit wann spritzt du regelmäßig?
Ilona: Von Anfang an. Wirkt eh nicht mehr richtig bei mir.
Mann: Verstehe ich nicht.
Ilona: Ich muß es nicht *haben,* aber ich kann es nicht *nicht haben.* Verstehst du trotzdem nicht, was?
Mann: Du weißt doch, wer da wirklich das Geschäft forciert.
Ilona: Das wissen viele.
Mann: Kannst du den Namen sagen?
Ilona: Ich will nicht. Der hat den Herm . . ., meinen Freund schon einmal . . .
Mann: Was?
Ilona: Nichts.
Mann: Sag den Vornamen. Damit legst du dich nicht fest.
Ilona: Gar nichts sage ich.
Mann: Jakob, nicht wahr?
Ilona: Ja. Verdammt. Da bin ich schon festgelegt. Wer heißt denn noch so idiotisch?
Mann: Hast du schon einmal an Selbstmord gedacht?
Ilona: Goldener Schuß? Bei mir nicht. Nicht einmal denken.
Mann: Du lügst.
Ilona: Na und?
Mann: Was ist mit Entzug?
Ilona: Freiwillig auf Turkey? Du spinnst.
Mann: Was ist mit deinen Eltern?
Ilona: Bin über ein Jahr weg.
Mann: Mußt du von deinen Einnahmen was abliefern?
Ilona: Nein. Mit meinem Freund teile ich.
Mann: Warum?
Ilona: Ich mag ihn. Jetzt kannst du den Kasten abschalten.
Mann: Bin gleich fertig.

Ilona: Du sollst abschalten. Ich muß heim. Kochen.
Mann: Was?
Ilona: Deine Fragen werden nicht besser. Ich fange zu schwitzen an. Bist du blind?
Mann: Darf ich dich noch einmal fragen? Nicht heute.
Ilona: Geh scheissen.
Mann: Danke.

Die drei Beamten warten auf ihren Sesseln zur Sicherheit das Ende der ersten Seite der Kassette ab. Auf der anderen Spur ist nichts aufgenommen worden.
„Was hältst du davon?“ fragt Schremser.
„Mehr die Aufnahme eines Journalisten“, sagt Kottan, „der seinen Rauschgiftreport mit Zierleisten schmücken will.“
„Eine Information ist drinnen.“
„Auf den Besitzer der Diskothek.“
„Jakob Uhrmacher“, liest Schrammel vom Blatt.
„Kann sein“, sagt Kottan. „Der Haumer, wenn er es war, muß auf etwas gestoßen sein, irgendetwas, von dem er sich mehr versprochen hat als von seinen Betrügereien.“
„Erpressung?“
„Leicht möglich.“
„Und wozu die Kassetten und die Namen?“ sagt Schremser.
„Die drei auf dem Papier gehören irgendwie zusammen. Vielleicht sind sie alle einzeln erpreßt worden, kann ich mir aber nicht vorstellen. Das Tonband beweist gar nichts, würde auch bei keinem Richter in Österreich als Beweis gelten. Als Basis für eine Erpressung ist das allerdings genauso zu wenig.“
„Vielleicht“, überlegt Schremser, „sind die eigentlichen Beweise von den beiden Gästen in der Wohnung gefunden worden. Die haben nicht mehr weitergesucht. Die Teeschachtel kann ein Hinweis sein.“
„Für uns?“

„Ein Hinweis Haumers für den Fall, daß ihm etwas zustößt. Anscheinend ist ihm ja auch was zugestoßen.“
„Du kannst recht haben. Die Informationen reichen gerade, um uns in Schwung zu bringen.“
„Eben. Willst du mit den Männern reden?“
„Auf jeden Fall. Den Herrn Uhrmacher und den Herrn Stoiber suchen wir auf. Der Pellinger wird schon zu uns kommen müssen.“
Schrammel soll telefonisch die Termine ausmachen. Er verschwindet im Nebenzimmer. Ein Amtsdiener, der von jedem im Haus Hermes genannt wird, bringt in einer dünnen Mappe die Untersuchungsergebnisse der Fingerabdrücke, die auf der Teeschachtel sichergestellt wurden. Die meisten sind von Erwin Haumer, einer von Schrammel, der offenbar etwas zu unüberlegt zugegriffen hat. Auf einem anderen Blatt wird das Kaliber der Tatwaffe ausgewiesen. Kottan bläst kräftig durch die Nase.
„Stoppelrevolver war es keiner“, sagt Kottan. „Es kommen mehrere ausländische Gewehrtypen in Frage und nur ein in Österreich hergestelltes Gewehr. Das FK 1000, ein Jagdgewehr.“
„Glaubst du, daß der Schütze ein Patriot ist?“ fragt Schremser. Die Anzeigenüberprüfung wegen eventueller Schießübungen in der Nähe des Handelskais haben bis jetzt kein Resultat gebracht. Schrammel kommt zurück.
„Der Uhrmacher war nicht anzutreffen“, berichtet er. „Mit seiner Sekretärin habe ich einen Termin für morgen, 10 Uhr, vereinbaren können. Der Stoiber ist in Griechenland auf Segelurlaub. Kommt angeblich in drei Tagen zurück. Der Pellinger weigert sich hierher zu kommen. Wir sollen ihm eine Vorladung mit angemessener Fristsetzung schicken oder uns selbst zu ihm bemühen. Jeder Zeitpunkt ist ihm recht, sagt er, wenn wir ihn vorher anrufen.“
„Mir auch“, sagt Kottan und will sofort zum Telefonhörer greifen. Schrammel unterbricht ihn.
„Heute ist es ihm aber schon zu spät, sagt er.“

„Frechheit“, meint Schremser.
Kottan läßt daraufhin Jerabek vom *Suchtgift* kommen, der auch nach nicht einmal fünf Minuten eintrifft: ein pfeifenrauchender Fettfleck. Seine Bewegungen allerdings sind ruckartig und flink. Er bevorzugt jugoslawischen Tabak. Kottan gratuliert zum Stammhalter und verbeißt sich eine Bemerkung zum Namen des Kindes.
„Ist euch ein Jakob Uhrmacher schon aufgefallen?“
„Sein Lokal . . . ja. Zweimal haben wir in seiner Diskothek groß jeden einzelnen kontrolliert. Erwischt haben wir nur ein paar Süchtige und einen untergeordneten Dealer.“
„Was ist mit dem Uhrmacher selber? Gibt es Verdachtsmomente gegen ihn?“
„Mehrere, aber da reicht nichts aus.“
„Habt ihr im Lokal jemand eingeschmuggelt?“
„Dürfen wir ja nicht.“ Jerabek scheint das zu bedauern.
„Ich weiß. Vertrauensleute?“
„Ist bisher jedesmal schief gegangen.“

Oberstleutnant Pilch ist einer der letzten beim Blutspenden. Er legt sich auf die ihm zugewiesene, mit weißem Kunststoff bespannte Pritsche und streckt den bereits frei gemachten, rechten Arm hin. Die Schwester hat eine blaue Mütze ohne Zweck an ihren Haaren befestigt. Sie schwitzt auf der Stirn und zwischen den Schulterblättern. „Wenigstens ein hübscher Vampir“, hat Schremser vor ein paar Stunden Kottan zugeflüstert.
Pilch bleibt nachher nicht liegen, wie es ihm von der Schwester aufgetragen wurde. Er steht auf und eilt ins Nebenzimmer, wo auf jeden Spender eine Tafel Nußschokolade und ein Glas Rotwein warten. Pilch fällt in fast gestreckter Haltung ins Zimmer: eine Ohnmacht. Ein uniformierter Polizist, der beim Weinausschenken hilft, kann ihn gerade noch auffangen, bevor er auf den Steinboden schlägt. Das Murmeln im Zimmer wird für eine Minute etwas lauter.
Nach ein paar Minuten ist Pilch schon wieder auf den Bei-

nen, fühlt sich einigermaßen sicher und ist – wie fast immer – gleich wieder in unbegründeter Eile. Er verläßt den Raum mit zwei Tafeln Schokolade als Trost. Er kommt am Fitnessraum vorbei, eine erst vor kurzem auf Initiative der Gewerkschaft eingeführte Einrichtung. In dem größeren Zimmer befinden sich eine Sprossenwand, Expander, Hanteln, ein Zimmer-Fahrrad und ein Tischtennistisch.
Schrammel und Kottan absolvieren ihr regelmäßiges Mittwochabend-Match, als Pilch eintritt. Schrammel ist bei der internen Kripo-Meisterschaft im letzten Herbst dritter geworden. Kottan versucht es mit einigen erlaubten und unerlaubten Manövern, kann aber trotzdem nur einen Satz gewinnen. Pilch sitzt mit halb offenen Augen dabei, um ein Spiel gegen den Sieger zu wagen. Er droht Schrammel die unverzügliche Versetzung in den Innendienst an, wenn er ihn nicht wenigstens zehn Punkte pro Satz erreichen läßt. Den Tischtennisschläger hält Pilch wie eine Fliegenklappe.
Schremser, der manchmal den Unparteiischen macht, ist bereits daheim. Er hat Schrammel für heute zum Essen eingeladen. Diese Einladungen finden zumindest zweimal im Monat statt. Schrammel traut sich nur selten abzulehnen. Neben seinen Ambitionen als Fischzüchter sieht Schremser sich gern als Küchenchef. Daß er sich mit Jellinek von der Funkstreife Jonathan möglicherweise glänzend verstehen würde, was das Kochen betrifft, ist ihm nicht bekannt.
Heute will Schremser seinem Kollegen mit spanischer Küche kommen: *Gazpacho madrileno* (Madrider Suppe), *Solomillo con champinons* (Kalbsfilet mit Champignons) und als Nachspeise *Budin bilbaino* (Bilbao-Kuchen). Ein Muschel- oder Fischgericht will er Schrammel nicht zumuten. Leider muß er feststellen, daß ihm die Champignons ausgegangen sind. Er verwendet getrocknete Chinapilze. Schrammel wird das ohnehin nicht auffallen, zumal sein Lieblingsgericht Gulasch ist.

Kottan hält bei einem dampfenden Würstelstand. Er ist si-

cher, daß er im Eiskasten daheim kein (wie an den anderen Tagen) vorbereitetes Essen antreffen wird. Ilse ist in der Volkshochschule im Russisch-Kurs, ihre derzeit fast einzige Aktivität außer der Tätigkeit als Hausfrau. Nach der Geburt von Erika war sie vorübergehend bei einem Musikverlag beschäftigt, hat aber nach wenigen Monaten aufgegeben.
„Ist die Burenwurst gut?" fragt Kottan die Verkäuferin mit der früher vielleicht weißen Schürze, die an ihrem Transistorradio dreht.
„Gut", nickt sie bestätigend, „aber aus."
Kottan entscheidet sich für eine Bratwurst mit süßem Senf, weil auch der angeschriebene Leberkäse und die Debreziner nicht zu haben sind. Die Verkäuferin versetzt dem Radio einen energischen Schlag, das darauf die nächsten Minuten tadellos funktioniert. Kottan geht mit seiner Bratwurst um das Eck. Von da kann er die Verkäuferin zwar beobachten, muß sich aber nicht auf eine Unterhaltung einlassen. Ein Quecksilber-Thermometer hängt am Eckpfeiler aus Holz. Es hat immer noch fast zwanzig Grad. Eine Spinne hat das C von Celsius unter sich begraben.
Das Flaschenbier ist warm. Die Verzögerung in den Ermittlungen machen Kottan wütend. Die Möglichkeiten für morgen geben auch nicht gerade zu übertriebenen Hoffnungen Anlaß. Mit der endgültigen Identifizierung rechnet er schon. Daß sich ein gerissener Gauner wie Haumer auf eine so unsichere Sache wie Erpressung eingelassen haben könnte, will ihm nicht in den Kopf. Dem *Suchtgift*-Jerabek war der Name Haumer jedenfalls noch nicht untergekommen.
Kottan ist seit 21 Jahren im Polizeidienst, hat damals gleich mit der Ausbildung für den Kriminaldienst begonnen und nie eine Uniform getragen. Er ist auch jetzt noch einer der jüngsten, höheren Kriminalbeamten. Sein ziemlich rascher Aufstieg zum faktischen Leiter des Morddezernats ist eher eine Ausnahme, weil er bei keiner Partei Mitglied ist und eine mögliche Mitgliedschaft auch niemand in Aussicht gestellt hat.

Er schüttet die Hälfte des Biers in den lichtgrünen Plastikkübel. Die Wurstverkäuferin hat einen geschulten Blick. Ein zahnloser Alter hat ein Paar *Frankfurter* bestellt.
„Schneiden?“ sagt sie.
Der Alte nickt fast gerührt.
Kottan fährt jetzt noch in den neunten Bezirk, zur Adresse der Diskothek. Er passiert mit dem Auto mehrmals den Eingang zur Diskothek. Ein paar junge Leute stehen herum. Einer hat eine Knickerbocker aus Leder an und silbrige Haare. Kottan hält den Wagen an und dreht das Seitenfenster nach unten, kann aber nichts von der Unterhaltung der jungen Leute mitbekommen. Möglicherweise dürfen sie nicht oder noch nicht hinein.
Plötzlich steht einer neben dem Seitenfenster, der sich von hinten angeschlichen hat. Er hat einen blauen Arbeitsoverall an, eine schwarze Augenbinde über dem linken Auge und auf der rechten Wange zwei aufgeklebte Tränen.
„Na?“ sagt er zu Kottan. „Der Gruft entronnen?“
Kottan begreift, daß er sich hier nur lächerlich machen kann. Mehr als das Registrieren von verschiedenen Verkleidungen (außerhalb der Faschingszeit) ist ihm nicht möglich. Der junge Mann mit der Augenbinde winkt ihm nach.
Daheim holt sich Kottan eine von ihm längst beurteilte Dose Tuborg-Bier, setzt sich ins Wohnzimmer, auf das Fernsehfauteuill, das mit einem Hebelchen in Sekunden fast zum Liegestuhl wird. Im Vorzimmer telefoniert Erika mit einer Freundin. Kottan schaltet mit der abgegriffenen Fernbedienung den Fernsehapparat ein. Elisabeth, die auf den Sitzelementen liegt, schaut abwesend hoch. Sie beschäftigt sich mit einem Kreuzworträtsel. Das Dosenbier hat die richtige Temperatur.
„Was liegt mitten im Gold?“ fragt Elisabeth plötzlich.
„Weiß ich nicht“, sagt Kottan. Im Fernsehen ist das Werbeprogramm. Ein Rasierwassertyp empfiehlt Honigschaumbäder.
„Zwei Buchstaben“, ergänzt Elisabeth.

„*Ol*“, sagt Kottan. „Mitten im Gold liegt *ol.*“
Elisabeth starrt auf das Kreuzworträtsel und dreht den Bleistift zwischen Zeigefinger und Daumen.
„Witzig“, meint sie verärgert. „Stimmt aber.“
Eine ältere Dame mit bläulichem Gesicht beteuert auf dem Bildschirm, daß sie sich ohne ihren täglichen Lecithinsaft nur mehr auf allen vieren fortbewegen könnte.
„Du gehst doch in Diskotheken.“
„Hin und wieder. Früher öfter.“
„Bist du zu alt dafür?“ Kottan setzt ein spöttisches Gesicht auf, das seine Tochter gar nicht beachtet.
„Fast.“
„Kennst du die Diskothek in der Glasergasse? Im neunten?“
„Mhm.“ Sie nickt. „Die gehört dem Uhrmacher.“
„Den kennst du auch?“ Kottan lehnt sich überrascht nach vorn. Der Liegestuhl wird mit einem ächzenden Geräusch wieder zum Fauteuil.
„Persönlich kenne ich ihn nicht. Ich weiß, wie er ausschaut. Aber den kennt jeder, weil er gleich in der Nähe den Bridgeclub hat.“
„Spielst du Bridge?“
„In die Diskothek läßt er jeden hinein. Im Kaffeehaus hat das Diskothekenpublikum von Haus aus Lokalverbot. Der hat sogar ein Verbotsschild an der Kaffeehaustür angebracht. Wie ein Verkehrszeichen. Ein Langhaariger im roten Kreis, . . . durchgestrichen.“
„Originell.“
„Apropos originell. Die Diskothek heißt noch dazu *53.*“ Sie hat das Schwedenrätsel auf das Glastischchen gelegt.
„Und?“
„Ich sage ja: originell.“
„Wieso?“
„In New York, die Prominenten-Diskothek heißt *54.*“
Kottan macht eine Pause. Im Fernsehen wird für einen Fliegenspray geworben, der jede Menge und alle Arten Fliegen

polternd auf den Boden abstürzen läßt. Das wäre etwas für den Dezernatsleiter.
„Weißt du, ob in dieser Diskothek Rauschgift umgesetzt wird?"
„Bestimmt."
„Ist dir was angeboten worden?"
„Nein. Ich war nur einmal dort. Weiß jeder, daß der Uhrmacher den Handel da in der Hand hat."
„Aha", sagt Kottan ohne Betonung. „Jeder."
„Und deine Polizei schaut zu."
„Ist nicht *meine* Polizei. Hast du schon einmal, ich will sagen . . ."
„Wird das ein Kreuzverhör?"
Sie nimmt eine Streichholzschachtel aus einer Tasche, die an ihrem Strickgürtel befestigt ist. Sie hält ihrem Vater die Schachtel hin.
„Was steht da drauf?"
„Was soll der Lesetest?" fragt Kottan mißtrauisch.
„Was steht drauf?"
„Hasch."
„Eben."
„Ich soll glauben, daß du da drinnen . . ., die Schachtel öffnen und mich blamieren. Du rauchst ja gar nicht."
„Ich trinke Tee", sagt Elisabeth mit gespielter Sicherheit.
„Du willst nicht nachschauen?"
„Nein."
Sie steckt die Zündholzschachtel wieder in ihre Känguruh-Tasche und zieht den Reißverschluß zu.
„Moment", überlegt Kottan laut. „Wenn du nicht rauchst, brauchst du auch keine Zündhölzer."
„Eben", sagt sie noch einmal. „Jetzt *darfst* du nicht mehr schauen."
Kottan ist nun doch unsicher und versucht den Dialog, der eben stattgefunden hat, von Anfang an zu rekonstruieren. Elisabeth grinst, lacht gleich darauf los, bis Kottan auch mitlacht.

Im Fernsehen ist ein Interview zu sehen, mit einem Meteorologen, der seine Wettervorhersage von gestern zu begründen versucht. Er nimmt sich wenigstens selbst nicht ganz ernst. „Jedes vorhergesagte Wetter trifft ein", sagt er zuletzt, „nur der Zeitpunkt ist unsicher." Im Abendprogramm folgt ein amerikanischer Film, der Kottan schon im Kino nicht gefallen hat. Elisabeth besteht auf den Film und wird von Gerhard unterstützt, der rechtzeitig vom Handballtraining gekommen ist. Erika telefoniert nach wie vor mit ihrer Freundin. Vom Vergleichen der Rechenaufgaben sind sie mittlerweile zum Vergleichen der Freunde übergegangen.
Kottan setzt sich die Kopfhörer auf und legt eine Schallplatte auf den Teller: seine derzeitige Lieblingsplatte von Paul Anka. Er hat davon auch eine Kassette fürs Auto aufgenommen. Auf dem Weg ins Sicherheitsbüro singt er manchmal mit. Der Paul Anka hebt bereits die Stimme: *I'm just a lonely boy.*" Kottan singt nicht mit. Gelegentlich kommt ihm ein einzelner Ton aus. Elisabeth betrachtet Kottan mißbilligend, der mit geschlossenen Augen auf dem Spannteppich liegt. Im ersten Augenblick hat sie angenommen, der Grunzton gehört zum amourösen Repertoire von Frank Sinatra, der es im Fernsehen auf die rothaarige Shirley MacLaine abgesehen hat.
Nach einer halben Stunde Paul Anka und zwei selbst gewährten Wunschwiederholungen geht Kottan ins Badezimmer, duscht sich mit lauwarmem Wasser. Nach dem Abtrocknen setzt er sich auf den Badewannenrand und reibt sich den Kopf kräftig mit dem neuen Haarwasser ein, das am Vormittag mit der Post gekommen ist. Das Wasser verspricht wahre Wunder; wie die bisherigen Präparate auch. Den Haarausfall hat das nicht beeindruckt.
Kottans Haare sehen immer noch recht voll aus, weil er sie fast täglich wäscht. Bis zur endgültigen Glatze hat er noch ein paar Jahre Zeit, weiß Kottan. Mit einem Coupon aus der Fernseh-Illustrierten hat er sich trotzdem schon einmal eine Sonderinformation über Hair-Weaving bestellt.

Daß seine ältere Tochter ins Badezimmer gekommen ist, hat Kottan nicht gehört. Er konzentriert sich auf die für fünf Minuten empfohlene Kopfmassage. Elisabeth steht neben ihm und schaut ihn von oben an.
„Der Schädel wächst dir durch die Haare“, sagt sie.
„Ich weiß“, sagt er. „Ist derFilm schon aus?“
„Nein.“ Sie nimmt die Haltung einer Fernsehsprecherin ein. „Entschuldigen sie bitte die Störung. Warum hast du dich vorhin so für das *53* interessiert?“
„Kein besonderer Grund.“
„Wegen der Ilona?“
„Wo hast du den Namen her?“ Er macht ein erschrockenes Gesicht und fällt fast in die Badewanne.
„Aus der Zeitung.“
„Da kann noch nichts in der Zeitung sein.“
„Die ist vor zirka zwei Monaten gestorben. Überdosis. Ilona R. ist in der Zeitung neben dem Foto gestanden. Ich weiß auch nicht, wie sie komplett geheißen hat. Durch das Foto habe ich mich gleich an sie erinnern können. Ich habe sie im *53* gesehen.“
„Weißt du sonst noch was über sie?“
„Nein.“
Gerhard schreit aus dem Wohnzimmer. Der Film wird fortgesetzt. „Die Störung lag nicht in unserem Bereich“, sagt die Sprecherin, obwohl es sich um einen Filmriß gehandelt hat.

11

Die erste Bürostunde des nächsten Tages verläuft etwa so, wie es Kottan erwartet hat. Die Untersuchungsergebnisse aus der Wohnung Haumers sind jetzt vollständig. Fingerabdrücke gibt es nur wenige: von Haumer, der Hausmeisterin, von Schrammel und von ein paar nicht identifizierten Personen. Kottan glaubt nicht, über diese nicht identifizierten Abdrücke die zwei Besucher ausfindig machen zu können.

Um 8 Uhr 20 kommt der erste erhoffte Anruf. Ein Arzt aus dem Rudolfsspital meldet sich. Kottan stenografiert mit.
„Tonsillektomie“, sagt Kottan zu Schrammel, nachdem er das Gespräch beendet hat. Schremser ist nicht im Zimmer. Kottan scheint direkt auf Beifall zu warten.
„Was?“ Schrammel kapiert nicht gleich.
„Der Haumer hat sich die Mandeln entfernen lassen. Vor zehn Jahren.“ Kottan klopft mit dem Zeigefinger auf sein offenes Notizbuch. „Da ist sein Blutbild. B1, positiv. Das stimmt!“
Schremser bringt Informationen über Ilona. Die heißt Rössler mit dem Familiennamen. Am 27. 2. des Jahres wurde sie in ihrer Wohnung tot aufgefunden. („Verstunkene Fixerbude“, sagt Jerabek wenig später). Sie war an einer Überdosis Heroin gestorben. Ein handgeschriebener Abschiedsbrief wurde vorgefunden. Durch die Angaben im Brief gelang die Festnahme eines kleinen Händlers. Deswegen wurde auch gar nicht erst in Betracht gezogen, der Brief könnte unter Zwang geschrieben worden sein. Auf dem Briefpapier fanden sich ausschließlich die Fingerabdrücke von Ilona Rössler. Eine zufällige Überdosis oder ein absichtliches Unterschieben von anderer Seite wurde ausgeschlossen. Ilona Rössler war die dritte Suchttote in der Statistik des neuen Jahres, die aber zum Bespiel süchtige Selbstmörder, die sich für eine der *üblichen* Methoden entscheiden, gar nicht erfaßt.
„Was ist mit dem Freund“, fragt Kottan, „der auf der Kassette erwähnt wird.“
„Im Bericht ist keine Rede von einem Freund“, antwortet Schremser. „Es muß aber ziemlich sicher das Mädchen vom Tonband sein. Im Dezember ist sie wegen Geheimprostitution aufgegriffen worden.“
„Zum ersten und einzigen Mal?“
„Ja.“
„Da ist niemand aufgefallen, daß sie süchtig ist?“
„Anscheinend nicht.“

Um 8 Uhr 45 ruft Dr. Anton Peyerl an: ein Zahnarzt. Er fordert Kottan auf, sich die Behandlungskarte von Erwin Haumer, der bei ihm vor etwa drei Wochen in Behandlung war, umgehend abzuholen. Kottan hat vom Toten im Keller bereits eine Liste seiner Zahnbesonderheiten anfertigen lassen.
Schremser und Schrammel werden den Termin bei Jakob Uhrmacher allein wahrnehmen müssen.

In wenigen Minuten muß feststehen, ob der Erschossene Erwin Haumer ist oder nicht. Die Zahnarztpraxis Dr. Peyerls ist im Mezzanin eines renovierten Althauses im dritten Bezirk. Die Tür zum Warteraum ist angelehnt. Dr. Peyerl, ein großer Mann um die sechzig mit Bierbauch, sitzt im weißen Kittel auf der langen, lackierten Bank im Warteraum.
„Die Ordination fängt bei mir zwar erst um zehn an", sagt er. „Für Sie mache ich aber gern eine Ausnahme."
„Ich bin kein Patient", erklärt Kottan.
„Ich weiß", sagt der Zahnarzt und führt den Kriminalbeamten in den Behandlungsraum. „Ein kleiner Blick kann nicht schaden, wenn Sie schon einmal da sind." Er schiebt Kottan auf den Patientenstuhl und pumpt ihn in die Höhe. Kottan schaut sich fast verzweifelt im Zimmer um. An den weißen Wänden hängen Vorbeugeplakate: *Behandeln ist silber – Vorbeugen ist gold.*
„Gratis", sagt Dr. Peyerl. „Selbstverständlich."
„Selbstverständlich", repetiert Kottan, der dem Arzt die vorbereitete Liste reicht.
„Was ist das?"
„Ein Verzeichnis der plombierten und gerissenen Zähne der Leiche. Außerdem wird eine Wurzelbehandlung am Zweier und Dreier unten links genannt. Die angeführten Absplitterungen sind bestimmt erst durch den Unfall dazugekommen."
Der Zahnarzt geht zum Schreibtisch. Er setzt eine rahmenlose Brille auf, bevor er sich der Liste Kottans widmet.

„Völlig identisch“, sagt er nach wenigen Sekunden. „Da besteht kein Zweifel.“
„Endlich“, meint Kottan aufatmend und will vom *Podest* steigen.
„Abspringen verboten“, sagt Dr. Peyerl, der schnell wieder beim Behandlungsstuhl ankommt und Kottans Flucht verhindert. „Nun zu Ihnen.“ Er setzt sich den Kunststoffring mit der Spiegellampe auf und nimmt sein Untersuchungsbesteck.
„Weit auf“, verlangt er von Kottan, der gleichzeitig mit dem Mund die Augen weit aufmacht. „Ist dieser Haumer ein Krimineller?“
Kottan brummt: „Ja.“
„Dann gibt es bestimmt eine Fotografie , die ich anschauen kann. Sicher ist sicher. Theoretisch könnte ja jeder mit dem Krankenschein dieses Herrn Haumer kommen. Haben Sie ein Bild mit?“
Kottan nickt, weil er zwar den Mund weit aufmachen darf, aber nichts sagen kann. Kottan gibt dem Zahnarzt das Bild Erwin Haumers aus seiner Jacke.
„Der war bei mir“, behauptet Dr. Peyerl. Er scheint sicher zu sein. „Nur dieses eine Mal. Übrigens war er in Begleitung.“
Kottan zieht die Augenbrauen fragend nach unten. Auf seiner Stirn bilden sich mehrere senkrechte Falten.
„Was meinen Sie? Nein. Beschreiben kann ich den wirklich nicht. Ein Mann. Gewöhnlich. Was glauben Sie, wieviel Leute bei mir jeden Tag in der Ordination sind?“
Der Zahnarzt ist Kottan mit dem Kopf jetzt besonders nah gekommen, weil er bei den unteren Weisheitszähnen herumstochert. Dr. Peyerl riecht, muß Kottan merken, selber nach verfaulenden Zähnen. Außerdem zittert er fast unmerklich.
„Eigentlich alles in Ordnung“, stellt Dr. Peyerl fest und richtet sich auf. „Nur die frische Plombe ist nicht viel wert. Von einem Dentisten höchstwahrscheinlich. Die verlieren

Sie demnächst wieder. Wenn Sie wollen, mache ich Ihnen gerne und gleich . . .“
Die Plombe verliert Kottan lieber demnächst als gleich. Er läßt sich jetzt nicht mehr auf dem Patientenstuhl zurückhalten, gibt dem Arzt kurz die Hand und eilt zur genieteten Ledertür, auf der ein einfaches Kartonschild befestigt ist: Ausgang.
„Die Karte!“ ruft ihm Dr. Peyerl nach. Kottan kehrt um, nimmt die Karte Haumers und dessen Behandlungsschein von der Krankenkasse, auf dem auch die letzte Adresse Haumers genannt ist: Springergasse 12, zweite Stiege, Tür 9.

Kottan schaut, bevor er in sein Zimmer geht, im Büro des Dezernatsleiters vorbei. Pilch ist nicht da. Mitten auf dem Tisch thront der gestern im Werbefernsehen präsentierte Fliegenspray: eine größere Dose mit Preisvorteil.
Erst jetzt gilt die Identität des Erschossenen. Fast zwei Tage hat das gedauert. Haumer wurde als Dieb des Autos erkannt, in dem er noch am gleichen Tag erschossen worden ist. Er hat Papiere bei sich gehabt, die er der Frau Kahlbeck mit einem Vorwand abgenommen hat. Das Blutbild stimmt, der Zahnvergleich hat völlige Übereinstimmung ergeben. Ob dem Toten im Keller der Anzug zu eng war, ließ sich allerdings nicht mehr feststellen.
In Kottans Zimmer ist eine der Bedienerinnen mit dem Putzen der Fenster beschäftigt. Zumeist ein sicheres Zeichen für baldigen Regen, weiß Kottan. Auf dem Schreibtisch findet er einen Zettel mit aufgemaltem Rufzeichen: eine Nachricht von Schremser.
Kottan hält die Gegenwart der auf dem Fensterbrett balancierenden Fensterputzerin nicht aus. Dauernd hat er das Gefühl, sie im nächsten Moment vor einem möglichen Sturz in die Tiefe bewahren zu müssen. Sie muß mindestens fünfzig sein und ist nicht angebunden.

„Machen Sie in zehn Minuten weiter“, fordert Kottan sie auf.
„Ist das ein Befehl?“ sagt sie und steigt auf einen zum Fenster gerückten Sessel.
„Sozusagen.“
„Mache ich eben da weiter“, kündigt sie an und zeigt mit dem Daumen der rechten Hand ins Nebenzimmer.
„Das stört mich genauso.“
„Wieso?“
„Ich kann nicht arbeiten, wenn Sie 20 Meter über der Straße herumturnen.“
„Ich bin noch nie abgestürzt.“
„Das ist ein Gerücht.“
„Sie halten mich auf.“
„Sie mich auch. Außerdem brauche ich überhaupt keine sauberen Fenster. Wenn ich hinausschauen will, mache ich eines auf.“
„Und bei Ihnen daheim werden die Fenster auch nicht geputzt?“
„Nein“, sagt Kottan. „Ich schlage sie ein und lasse den Glaser kommen.“
Sie gibt das Wortduell auf und geht auf den Gang. Der Spiritusgeruch bleibt. Kottan nimmt den Zettel, auf dem Schremser in *Heinzelmännchenschrift* ein paar Sätze notiert hat: *Die Frau Kahlbeck hat zweimal angerufen. Sie möchte unbedingt mit dir persönlich sprechen. Sie hat keinerlei Andeutung gemacht. Paul. PS.: Du mußt da einen großartigen Eindruck hinterlassen haben.*

Kottan hat sich telefonisch angekündigt. Frau Kahlbeck hat ein rotes Kleid mit dünnen Trägern an. Dieses Mal handelt es sich um kleine, blaue Blüten, die aufgedruckt sind. Sie sitzt auf dem fast schon gewohnten Fleck auf der Couch, Kottan auf der Kante des Schwedenfauteuils. Fast wie gute Bekannte, denkt Kottan. Tatsächlich weiß er nur über die Beschaffenheit der Wohnung genau Bescheid. Der Kristall-

aschenbecher auf dem Tisch ist neu. Der Fernsehapparat ist wieder eingeschaltet: eine Sendung für Vorschulkinder. Frau Kahlbeck trinkt Kakao.
„Wollen Sie auch eine Tasse?“
„Danke“, lehnt Kottan ab. „Haben Sie Bier?“
„Ja.“
„Dosenbier?“
„Auch.“
„Brav.“
Sie bringt eine Dose und ein Glas mit Sonnenblumen drauf. Wahrscheinlich muß sie sogar ausgerüstet wie ein Wirtshaus sein, fällt Kottan ein. Das Bier ist aus England: rötliche Farbe, wenig Schaum. Es hat einen Nachgeschmack, stellt Kottan fest, der ihn beim zweiten Schluck nicht mehr stört. Kottan würde zwei Sterne vergeben.
„Sie stehen heute als *kühles Blondinchen* in der Zeitung.“
„Man muß sich verändern“, sagt sie. „Außerdem gibt es Perücken.“
„Ist was passiert?“
„Nein. Ich habe Ihnen nur etwas noch nicht gesagt. Vielleicht ist es wichtig.“
Kottan betrachtet sie aufmerksam. Sie zögert noch, schenkt sich Kakao nach und schaut in den Winkel mit dem Wäschetrockner, der heute mit einem Strumpfhalter, Stutzen und Waschlappen behängt ist.
„Dieser Herr von der Versicherung“, sagt sie.
„Haumer heißt er.“
„Der ist ein zweites Mal bei mir gewesen.“
„Wann?“
„Damals. Noch am gleichen Tag ist er wiedergekommen. Der hat gleich gemerkt, was mit mir los ist.“
Kottan verzieht den Mund, weil er selber nichts gemerkt hat. Er dreht die Bierdose in der linken Hand.
„Er ist als Kunde gekommen. Verstehen Sie?“
„War Ihnen das peinlich?“
„Eigentlich nicht. Ich habe ihn gefragt, ob ich *deswegen*

meinen Anspruch auf das Versicherungsgeld verlieren würde. Er hat gesagt: nein. Dann hat er weniger bezahlt, als üblich ist."
„Und ist länger geblieben?"
„Ja."
„Ist Ihnen was aufgefallen?"
„Nein. Mir fällt nie was auf. Sind alle gleich. Er wollte mich stöhnen hören, und ich habe gestöhnt. Das habe ich gelernt. Jeder Trottel hat die fixe Idee, mir einen Orgasmus aufdrängen zu müssen. Und jeder glaubt noch dazu, daß er der einzige in der Stadt ist, der das kann."
„Hat er was gesagt?"
„Nein. Da sind auch alle gleich. Die denken viel und reden wenig. Wenn sie was reden, ist es sowieso gelogen. Oder sie fangen an, Fragen zu stellen. Ewig die gleichen. Er hat sich zwei Filme angeschaut. Den zweiten nicht mehr ganz."
„Sie haben einen Projektor?"
„Ja. Und eine Perlleinwand."
„Ich habe noch nie so einen Film gesehen."
„Dann wird es höchste Zeit. Können Sie nachholen bei mir."
„Lieber nicht. Versäume ich was?"
„Nein", gibt sie zu.
„Was war dann?"
„Er hat mich nicht mehr angegriffen, obwohl er sich die Filme nur *zwischendurch* anschauen wollte. Er ist schnell gegangen."
„Das ist alles?"
„Ja. Ist es wichtig für Sie?"
„Kann sein", lügt Kottan.
„Ich habe noch eine Dose im Eiskasten", sagt Frau Kahlbeck und steht auf. „Von der gleichen Sorte."
„Ich muß weiter", sagt Kottan.
Die leere Bierdose nimmt er mit.

Kottan weiß nicht recht, warum die Kahlbeck mit ihm spre-

chen wollte. Daß die Nachricht, Haumer sei zweimal bei ihr gewesen, von Bedeutung ist, kann sie ja selber nicht geglaubt haben.
Von einem Wachzimmer im zwanzigsten Bezirk ist die einzige Meldung bezüglich Schießübungen gekommen. Mehrere Anzeigen sind da in den letzten Wochen gemacht worden. Kottan will die Rückkehr von Schrammel und Schremser abwarten.
Er blättert im Haumer-Akt. *Geboren am 30. 8. 1935 in Mistelbach,* steht da. Kottan lacht in sich hinein. Mistelbach ist ein kleiner Ort im Weinviertel mit überwiegend bäuerlicher Bevölkerung. Der Ort gilt als überdurchschnittlicher Lieferant von uniformierten Polizisten, die in Wien die Polizeischule besuchen und auch in Wien Dienst machen. Die uniformierten Polizisten werden deswegen auch oft nur *Mistelbacher* genannt. Haumer jedenfalls lebte seit seinem fünften Lebensjahr in Wien und hat nie einen Versuch unternommen, im Polizeidienst Fuß zu fassen.
Hat einer der drei auf dem Zettel aus der Teeschachtel genannten Männer Erwin Haumer erschossen? Selber? Oder nur den Auftrag dazu gegeben? Eine Frage, mit der sich Kottan länger beschäftigt.
Oberstleutnant Pilch schwitzt an den Schläfen, als er in Kottans Zimmer stürmt. Kottan hat ihn gehört, denn die Schuhsohlen des Dezernatsleiters sind mit Eisen beschlagen. Auf dem Gang ist Pilch eine Fleischfliege *(Sarcophaga carnaria)* direkt ins Gesicht geflogen. Das erste Exemplar in diesem Jahr. Pilch hat die Fliege bis zu den Toiletten verfolgen können, sie dort aber aus den Augen verloren. Von Kottan will er wissen, was an die Presse gegeben werden soll. Er muß es vorher bewilligen.
„Daß der Tote Erwin Haumer heißt“, sagt Kottan, „und wahrscheinlich ermordet worden ist.“
„Viel ist das nicht.“
„Nein.“
„Und sonst?“

„Wir rechnen mit einer Verhaftung innerhalb der nächsten 36 Stunden."
„Rechnen wir?"
„Nein."
„Wieso 36 Stunden?"
„Gefällt Ihnen 34 Stunden besser?"
Pilch geht zur Waschmuschel und wäscht sich mit kaltem Wasser die Hände: seine Lieblingstätigkeit. Er wäscht sich mehrmals am Tag die Hände. In Unschuld, denkt Kottan.
„Wie steht es überhaupt?" will Pilch wissen.
„Der Fall ist komplex."
Der Dezernatsleiter, der sich die Hände abtrocknet, zuckt mit dem rechten Auge.
„Soll das eine Anspielung sein?"
Er verläßt Kottans Büro, sieht sich auf dem Gang vergeblich nach der vorhin entwichenen Fleischfliege um und beeilt sich dann in sein Zimmer.
Kottan amüsiert die Sorge des Dezernatsleiters wegen der Mitteilungen an die Presse. Wenn alles an die Presse gelangt wäre, was sich Pilch an überstürzten Haftbefehlen, Hausdurchsuchungen und Fahndungen geleistet hat, wäre er längst in Frühpension. Aber es dringt sehr wenig nach außen. Auch Pilchs persönliche Jägerei nicht. Die Staatsanwaltschaft fragt inzwischen meistens bei Kottan zurück, wenn Pilch Haftbefehle beantragt.
In der Früh hat Kottan seine Unterschrift unter einer Protestresolution der öffentlichen Bediensteten verweigert. Die Resolution richtete sich gegen einen Film, den das Fernsehen vor wenigen Tagen gesendet hat. Ein Kriminalbeamter hat im Film bei einem Geständnis mit einer Ohrfeige nachgeholfen und bei einer Hausdurchsuchung statt der Haustür eine Klotür aufgebrochen. Es hat auch gleich eine parlamentarische Anfrage an den Innenminister gegeben, ob so ein Film nicht geeignet sei, das Bild der Polizei in der Öffentlichkeit schlecht zu machen.
Kottan weiß nicht, was die Öffentlichkeit für ein Bild von

der Exekutive hat. Der Film hat es sicherlich nicht verschlechtert. Außerdem hat der Film nicht behauptet, daß Polizisten ununterbrochen Geständnisse herausprügeln oder Klotüren einrennen. Kottan sind genügend Fälle bekannt, in denen Beamte ein Geständnis beschleunigen wollten, oder sonst gegen die Vorschriften gehandelt haben. An die Öffentlichkeit kamen immer nur die spektakulären Fälle, etwa die beiden Kaufhausbesitzer, die vor ihrem Kaufhaus von Polizisten erschossen wurden. Die Polizisten hatten sie irrtümlich für Einbrecher gehalten.
Im übrigen hat sich Kottan vor fast 15 Jahren, in Wut, in berechtigter Wut, wie er glaubte, auch einen Übergriff gegen einen schwer Verdächtigen geleistet. Die Sache ist nicht aufgeflogen. Kottan hat lang überlegt, ob er sich selbst anzeigen soll. Der zu Unrecht Mißhandelte hat nichts gegen Kottan unternommen.
Vor allem viele unnötige Kleinigkeiten werden vertuscht: falsch verstandenes Zusammengehörigkeitsdenken. Eine Haltung, die es jedenfalls schwer macht, in *schlimmen Fällen* anders zu reagieren.
Der Resolution haben sich auch noch andere Berufsgruppen des öffentlichen Dienstes angeschlossen, weil auch ein Offizier des Bundesheeres und ein Eisenbahner im Film vorgekommen sind, die nach Dienstschluß Alkohol getrunken haben. Der verheiratete Eisenbahner hat gar eine Freundin gehabt. Vielleicht glauben es die Resolutionsverfasser wirklich: Es kann nicht sein, was nicht sein darf.

12

Das Kaffeehaus Jakob Uhrmachers heißt *Andante*, weil es sich in der Nähe des Konzerthauses befindet. Schremser ist mit seinem Privatwagen gefahren, einem Citroen DS mit Zusatzeinrichtung. Schremser kann mit der Hand Gas geben. Jakob Uhrmacher ist noch nicht bereit. Die zwei Be-

amten nehmen inzwischen im Lokal Platz. Das Kaffeehaus besteht aus zwei großen, hohen Räumen mit runden Marmortischen in der Mitte und rechteckigen bei den Fenstern. Der dritte Raum ist das Bridgezimmer, das erst am Nachmittag geöffnet wird. An einer Wand, die mit einem Renoir-Motiv tapeziert ist, steht ein jetzt zugedeckter Billardtisch.
Eine Serviererin in schwarz-weiß bringt den bestellten Kaffee. Auf den Blechuntertellern liegen Zuckersäckchen mit aufgedruckten Tierkreiszeichen. Schrammel hat ein Päckchen mit *Steinbock* bekommen. Er ist tatsächlich ein Steinbock. Auch Schremser hat das richtige Säckchen: Widder.
„Der Uhrmacher hat sich über uns informiert", vermutet Schrammel.
„Zufall", sagt Schremser.
Schrammel liest von seinem Päckchen ab: „Steinbock. Günstige Eigenschaften – ausdauernd, willensstark, ernst, schweigsam. Ungünstige Eigenschaften: hartherzig, starrköpfig, pessimistisch."
Er legt das Päckchen weg und schaut sich ungehalten nach einem Zuckerstreuer um.
„Wo ist jetzt der Zucker?" fragt er.
Schremser zeigt auf das eben weggelegte Zuckerpäckchen.
„Steht *blöd* eigentlich auch drauf?"
Auf das Gespräch mit Uhrmacher hat sich Schremser nicht eigens vorbereitet. Ein paar Fragen hat er zwar in sein Notizbuch eingetragen, die allerdings fast selbstverständlich sind. Er stellt sich Uhrmacher groß, schlank, Solariumbraun, Anfang 40 vor. Vielleicht mit einem dünnen Schnurrbart.
Um 10 Uhr 15 läßt Jakob Uhrmacher bitten. Er ist über 50, klein, bleich und hat einen stechenden Blick.
„Polizei hat meine Sekretärin gesagt", beginnt er lässig, während er die Tür zu seinem Zimmer schließt. Auf dem mit Filz ausgelegten Gang zu diesem Zimmer hat Schremser eine zweite Tür registriert.

„Stimmt“, sagt Schrammel.
Das Zimmer ist bestimmt über 40 Quadratmeter groß. Die Bezeichnung Büro ist auf jeden Fall falsch, obwohl bei einem der beiden Fenster ein Schreibtisch mit zwei Telefonen steht. Der Raum verfügt über eine Klimaanlage, was Schremser gleich anerkennend bemerkt hat. Die Wände sind voll mit modernen Graphiken. Der Teppich ist grau und weich.
Links von der Tür befinden sich ein dreisitziges und vier einsitzige Lederfauteuils, daneben ein schwarzer Hifi-Turm, zu dem zwei Boxen in Mahagoni mit schwenkbaren Hochtönern gehören. Ein englischer Stutzflügel versperrt den Zugang zum zweiten Fenster. Neben dem Schreibtisch hat Uhrmacher eine aufwendige Funkanlage installieren lassen, vor der sich ein fünfbeiniger Bürosessel auf Rollen befindet.
Die Gegenstände im Zimmer passen nicht zueinander, findet Schremser, wie der Gnom, der sie jetzt zu den Ledersitzen begleitet, auch nicht ins Zimmer paßt. Der Ben Turpin hat bestimmt einen ähnlichen Blick gehabt.
„Der Ausweis“, sagt Schremser und versucht Uhrmacher seinen an einer Uhrkette befestigten Blechausweis hinzuhalten.
„Muß nicht sein“, meint Uhrmacher, der sich auf das dreisitzige Fauteuil plumpsen läßt und die Arme verschränkt. „Ich glaube Ihnen schon, daß Sie von der Polizei sind.“
„Wir sehen wohl so aus?“
“Sie nicht“, sagte Uhrmacher und streift die Krücken, die Schremser gegen sein Fauteuil gelehnt hat, mit einem Blick. „Er schon.“ Uhrmacher hat auf Schrammel gezeigt, der seinen Blick zu einer Radierung neben seinem Kopf abwendet: ein Stilleben, bestehend aus übergroßen abgebrannten und noch nicht verwendeten Zündhölzern. Schrammel wird Uhrmacher *dafür* in ein paar Minuten den Kaugummi unter das Fauteuil kleben.
„Ich möchte aber unbedingt einnen Ausweis von Ihnen sehen“, sagt Schremser ruhig.

„Was?"
Das hat Uhrmacher keinesfalls erwartet und reagiert das erste Mal fast unbeherrscht. Es wird ihm im Laufe der nächsten Minuten kein zweites Mal passieren. Er geht zu seinem Schreibtisch und sperrt eine Lade auf.
„Was ziehen Sie vor? Personalausweis, Führerschein, Reisepaß, Ausweis vom Alpenverein?"
„Paß", sagt Schremser unbeirrt.
Uhrmacher kommt mit dem Reisepaß, der in einer blauen Schutzhülle steckt, in der Plauderecke an. Der Paß ist vor fünf Jahren vom Paßamt in der *Inneren Stadt* ausgestellt worden. Das Foto ist in Farbe. Der Blick aus dem Paß ist unverkennbar, die Haare Uhrmachers sind da noch etwas dunkler.
„Der läuft bald ab."
„Weiß ich ja. Ich verreise selten." Nach einer Unterbrechung von wenigen Sekunden setzt er fort: „Worum handelt es sich?" Die Sätze Uhrmachers klingen jetzt für Schremser wieder wie vorhin: aufgesagt, stereotyp.
„Ein Mann ist vorgestern erschossen worden, der Ihnen möglicherweise bekannt ist."
„Wie heißt er?"
„Erwin Haumer."
Uhrmacher bleibt gelassen, ist nicht überrascht.
„Kenne ich nicht. Wer soll das sein?"
„Noch nie von ihm gehört?"
„Nein, Herr Inspektor."
„Inspektor gibt es keinen", verbessert Schrammel rechthaberisch.
„Entschuldigung. Vielleicht kenne ich den Herrn vom Sehen?"
Schremser legt die vervielfältigte Fotografie Haumers auf den niedrigen Tisch. Uhrmacher betrachtet das Bild ausgiebig und schüttelt den Kopf.
„Unbekannt", verkündet er.
„Wirklich?"

„Hand aufs Herz“, sagt Uhrmacher. Schremser seufzt. Der Kaffeehausbesitzer schreckt wirklich vor keinem Satz zurück. Fehlt nur noch, denkt Schremser, daß er den Blick senkt.
„Warum haben Sie dem Haumer dann zwei nicht bestellte Gäste ins Haus geschickt?“ Schremser weiß, daß dieser Versuch keine Chance hat.
„Wohin denn?“ gibt sich Uhrmacher ratlos. „Wieso besteht überhaupt ein Zusammenhang zwischen dem und mir? Sie haben gesagt, er ist tot.“
„Er hat uns eine Nachricht hinterlassen. Da werden Sie mit zwei anderen Herrn genannt.“
„So? Mit wem?“
„Mit einem Alfons Stoiber.“
„Kenne ich auch nicht.“
„Der ist zur Zeit auf Segelurlaub.“
„Schön für ihn.“
„Robert Pellinger heißt der andere.“
„Der ist mir bekannt“, sagt Uhrmacher. „Flüchtig“, schränkt er sofort wieder ein. „Der spielt gern Bridge.“
„In Ihrem Club?“
„Warum nicht?“
„Wissen Sie, daß der Pellinger mehrmals vorbestraft ist?“
„Ja. Das ist *mein* Beitrag zu seiner Resozialisierung. Bei mir kann jeder spielen, wenn er nicht auffällt.“
„Der Pellinger steht nicht zufällig auf Ihrer Gehaltsliste?“
„Nein. Ich beschäftige eine Sekretärin, fünf Kellnerinnen und Kellner hier, vier in der Diskothek, einen Koch, einen Geschäftsführer, einen Rausschmeißer, wenn Sie es so nennen wollen, und zwei Aufräumefrauen.“
„Dürfte ich bei Ihnen Bridge spielen?“ will Schremser wissen. Er drückt seine Zunge gegen die Ritze zwischen seinen oberen Schneidezähnen. Er kann durch diese Ritze Wasser bis zu drei Meter versprühen: ein (bei der letzten Grillparty der Beamten vom *Raub* und *Mord*) mehrfach verlangtes Kunststück.

„Natürlich", sagt Uhrmacher, der Schremser noch einmal mit den Augen abtastet. Auf Schremsers grünem Pfadfinderhemd zeigen sich unter den Achseln Schweißflecken, die schon vorher im Lokal (ohne Klimaanlage) entstanden sind. Der linke Fleck ist größer.
„Warum dürfen andere nicht?"
„Soll ich meinem gepflegten Publikum die ungustiösen Langhaarigen zumuten? Trinken ohnehin nur einen Kaffee und bleiben drei Stunden." Jetzt schaut er Schrammel an. „Sie müßten auch einmal zum Friseur." Schrammels strähnige Haare hängen etwas über den Hemdkragen.
„Wird in Ihrer Diskothek mit Rauschgift gehandelt?"
„Das wird in jeder Diskothek."
„Sie haben nichts damit zu tun."
„Nein. Schauen Sie sich meine Steuererklärungen vom letzten Jahr an. Die Lokale gehen nicht glänzend, aber ordentlich. Ich führe ein angenehmes Leben. Warum soll ich mich auf was anderes einlassen?"
„Ihr Ruf schaut ganz anders aus."
„Wer hat was gesagt?" regt sich Uhrmacher auf. „Ich verklage ihn sofort."
„Sie übertreiben", meint Schremser.
„Immer gibt es welche, die einem was nicht gönnen und einen unbedingt schlecht machen wollen."
„Vielleicht jemand, der in Ihrem Club zu viel verloren hat."
„Beim Bridge geht es um winzige Einsätze."
Uhrmacher steckt ein Vitaminbonbon in den Mund, das er aus einer Seitentasche genommen hat. Schrammel hat die letzte Minute schon ungeduldig auf *seine* Frage gewartet und mit beiden Beinen gewackelt. Schremser läßt ihm die Frage.
„Wo waren Sie am Montag um 14 Uhr?"
„Ist da der Mann erschossen worden?"
„Ja."

„Hier war ich.“
„Gibt es Zeugen?“ mischt sich Schremser ein. Schrammel hat wieder Pause.
„Mindestens zwanzig. Um 14 Uhr wird im Bridgeclub angefangen. Am Montag habe ich selber mitgespielt.“
„Aha“, sagt Schremser. „Sie spielen gern.“
„Zur Entspannung. Eher selten.“
Schremser hebt den Kopf. Uhrmacher scheint jetzt doch etwas zu eilig geantwortet zu haben und nicht mehr ganz so sicher zu sein. Er reibt seine Finger am Reisepaß, den er noch immer hält.
„Aber am Montag, ausgerechnet um 14 Uhr wollten Sie auf jeden Fall beim Bridge dabeisein?“
„Gefällt Ihnen mein Alibi nicht?“
„Mit gefällt kein Alibi“, brummt Schremser.
Schrammel notiert die private Adresse und Telefonnummer Jakob Uhrmachers. Der doppelte Lokalbesitzer bewohnt eine Neubauvilla im 18. Bezirk; mit seiner zweiten Frau, die fünfzehn Jahre jünger ist als er. Die Töchter aus erster Ehe, 14 und 16 Jahre alt, stecken in einem Internat der Ursulinen.
Bei der Rückfahrt muß Schremser den Citroen an einer geregelten Kreuzung am Donaukanal stoppen. Er hat das Schiebedach mit der Handkurbel fast zur Gänze geöffnet und alle Seitenfenster nach unten gedreht. Es stinkt nach Pferdemist. Ein Fiaker muß vor kurzem die Kreuzung überquert haben.
Eine Explosion ist zu hören. Schrammel zieht unwillkürlich die Dienstwaffe und entsichert sie. Zwei Autos weiter hinten ist an einem Pontiac die Windschutzscheibe geplatzt. Der Fahrer hat im klimatisierten Auto bei voller Lautstärke die Bee Gees angehört. Der Hifi-Turm im Wagen könnte der nur unwesentlich kleinere Bruder des Turms bei Uhrmacher sein.
Kurz darauf hält Schremser den Wagen wieder an: vor einem Frisiersalon.

„Sind die Haare wirklich zu lang?“ fragt Schrammel schüchtern.
„Nur eine Besorgung“, beruhigt ihn Schremser, verläßt das Auto und steigt die beiden Stufen zum Frisiersalon *Zeitelgruber* hinauf. Eine Minute später kommt er mit einer nur leicht gefüllten, weißen Nylontasche zurück.

13

Da Schramel und Schremser doch länger als erwartet ausbleiben, setzt sich Kottan mit den Anzeigen im zwanzigsten Bezirk auseinander; soweit das per Telefon möglich ist. Nach den Anzeigen von insgesamt fünf verschiedenen Personen soll es auf dem Allerheiligenplatz wiederholt zu Schießübungen gekommen sein. Der Allerheiligenplatz ist vom *Unfallort* nicht weit entfernt.
Kottan läßt sich mit dem Beamten auf dem Bezirkskommissariat verbinden, der die Untersuchung geleitet und im Moment gottseidank nicht dienstfrei hat. Der Beamte heißt Scheutl. Er hat mit seiner Gruppe sechs Jugendliche eruieren können, die für die Schießübungen verantwortlich waren.
„Wurden alle auf freiem Fuß angezeigt“, teilt Scheutl mit. „Beziehungsweise die Eltern. In allen Fällen wegen Ruhestörung. In einem Fall: verbotener Waffenbesitz.“
„Welche Waffen“, unterbricht ihn Kottan.
„Luftdruckgewehre, Gaspistolen und ein Revolver.“
„Keine richtigen Gewehre?“
„Nein. Den Revolver haben wir nicht mehr retourniert. Ein Wehrmachtsrevolver, den einer der Burschen nur gefunden haben will.“
„Wäre es möglich, daß die auch Gewehre haben?“
„Möglich schon. Ich glaube es nicht. Bis auf die Zähne bewaffnet waren die nicht. Sie haben vorwiegend in den Abendstunden auf Dosen und Tauben geschossen. Auch auf dem Überschwemmungsgebiet in Floridsdorf.“

Genauso in der Nähe des Handelskais, fällt Kottan auf. Nur auf der anderen Seite der Donau. Floridsdorf ist der Name des 21. Bezirks. Er überlegt, ob die Jugendlichen auch auf Bierdosen geschossen haben könnten, die ihm im Regal noch fehlen.
„Die allgemeine Tendenz zum Schießen", ist Scheutls kurzgefaßte Meinung.
„Ja", sagt Kottan. „Vielleicht."
„Da ist noch was", fügt Scheutl hinzu, „das auffällig ist. Die Burschen haben sich Uniformen verschafft von der Nato und vor allem von der deutschen Wehrmacht, SS-Gürtel undsoweiter. Sie begrüßen sich auch mit Heil Hitler."
„Eine Anzeige nach dem NS-Gesetz haben Sie nicht veranlaßt?"
„Wegen Wiederbetätigung?" Scheutl lacht in die Sprechmuschel. „Die sind zwischen 15 und 18. Mit denen müßte nur ernsthaft gesprochen werden. Das ist alles."
„Wer macht das?"
Scheutl gibt keine Antwort.
„Bis jetzt sind keine weiteren Beschwerden und Anzeigen gekommen", sagt Scheutl und will damit seine Ansicht unterstreichen, daß die Jugendlichen zwar Waffennarren, aber doch eher harmlos und ansprechbar sind.
Scheutl möchte Kottan eine Liste der Jugendlichen durchgeben. Kottan verbindet ihn mit Fräulein Domnanovics, der Sekretärin, die Kottan nach zehn Minuten die vollständige Liste mit den Adressen bringt.

Rudolf Breitner, 16, Gymnasiast, Rauscherstraße 12.
Gerald Wiesinger, 17, arbeitslos, Leystraße 27a.
Josef Zinke, 16, Mechanikerlehrling, Pöchlarnstraße 4.
Gernot Popelka, 18, Anstreicher, Mortaraplatz 6.
Karl Meister, 16, Anstreicher, Untersuchungshaft wegen Dienstgeberdiebstahls und Raubüberfalls.
Peter Kastner, 18, arbeitslos, Engerthstraße 128.

Scheutl hält Gerald Wiesinger für den *Rädelsführer* und vermutet, daß ihn Kottan auch am späten Vormittag oder frühen Nachmittag durchaus daheim antreffen könnte.
Um 3/4 12 treffen Schrammel und Schremser in Kottans Büro ein. Schremser gibt einen Bericht und schließt seine gefaßte Meinung an: „Der Uhrmacher lügt." Kottan berichtet von der jetzt sicheren Identifizierung Haumers. Schremser macht ein Gesicht, als habe er gehofft, daß der Erschossene doch nicht der ihm bekannte Betrüger ist. Die Nachricht vom zweiten Auftritt Haumers bei der Frau Kahlbeck nimmt Schremser auch nur mit einem Achselzucken auf.
Kottan will zunächst versuchen, Gerald Wiesinger zu erreichen und den unvermeidlichen Besuch bei Pellinger verschieben, von dem er sich so viel verspricht, wie beim Gespräch mit Uhrmacher anscheinend herausgekommen ist: nichts. Schremser liegt in der Einschätzung der Schießübungen genau auf der Linie Scheutls. „Lausbuben", sagt er und hält das Aufsuchen Wiesingers für „absolut sinnlos", nicht einmal für eine lästige Pflichtübung.
Schremser nimmt sein in der Thermosflasche mitgebrachtes Menü (Grießnockerlsuppe, gekochtes Rindfleisch mit Rotkraut, Schokoladepudding) vor dem Glas mit den Schleierschwänzen ein. Kottan beschränkt sich auf ein Fruchtjoghurt mit kleinen Erdbeerstücken. 10 Minuten nach 12 verlassen beide das Büro. Schrammel hält die Stellung.
Vor der Tür des Oberstleutnants bleibt Schremser stehen und klopft an. Er öffnet die Tür des Dezernatsleiters, der gern informiert werden will, wohin *seine* Beamten unterwegs sind. Pilch ist wahrscheinlich beim Mittagessen in der Kantine. Schremser tauscht den Fliegenspray mit dem Haarspray aus der Nylontasche aus. Beide Dosen haben ungefähr die gleiche Größe.
„Nicht vergeblich eingekauft", meint Schremser zu Kottan, der die Szene wortlos beobachtet. Schremser präsentiert ein

Lausbubengesicht, als er wieder auf dem Gang ist. Kottan kann sich gut vorstellen, daß Schremser selber Fliegen fängt und in einer leeren Käseschachtel ins Sicherheitsbüro transportiert, nur um Pilch in Unruhe zu versetzen.

14

Edvin Lund ist nach einer traumlosen Nacht gegen 7 Uhr aufgewacht und um acht Uhr aufgestanden. Er hat zwanzig langsame Liegestütze nur auf den Daumen und Mittelfingern gemacht, geduscht und mit einem Apfelshampoo die Haare gewaschen. Nachher hat er in einer Erzählung von Camus gelesen, die er in einer Taschenbuchausgabe mitgebracht hat. Das Buch hat seinen ständigen Platz auf der Ablage über dem Bett.

Daß offenbar ein anderer Erwin Haumer unschädlich gemacht hat, beschäftigt Lund seit gestern fast ohne Unterbrechung. An Zufall will er keinen Gedanken verschwenden. Er hat emsig nach Möglichkeiten gesucht, die dem Auftraggeber irgendeine geringfügige Chance ließen, ihn hier in der Stadt aufzuspüren. Er hat keine schwache Stelle an seinem Aufenthalt entdeckt.

Seiner Meinung nach ist auch der Auftraggeber überrascht worden; nicht vom Tod Haumers, nur durch den Umstand, daß Lund nicht der Täter gewesen ist. Die einzige Erklärung, die Lund möglich scheint, ist einfach. Es muß noch jemand erhebliches Interesse daran gehabt haben, Erwin Haumer zu beseitigen. Ein Unfall ist im Handumdrehen arrangiert. Lund wußte bis gestern nur über Haumers bevorzugte Bewegungen durch Wien Bescheid. Daß Haumer ein Gewohnheitsbetrüger war, hat Lund erst aus der Zeitung erfahren.

Er betrachtet die beiden Fotos, die Haumer auf einem Sportplatz als Zuschauer zeigen und mit dem anderen Material hinterlegt worden sind. Ein Mann Anfang vierzig,

schätzt Lund, ohne besondere Kennzeichen, wenn man von seiner leicht vorgebeugten Haltung beim Gehen, die Lund beobachten konnte, und dem schlecht sitzenden Anzug absieht.
Lund bleibt bestimmt noch einige Tage. Flughäfen und Grenzen werden sicher nicht seinetwegen bewacht. Eine plötzliche Abreise wäre also kein bedeutendes Gefahrenmoment, aber keineswegs notwendig. Er kontrolliert (wie an jedem Morgen) das zerlegbare Gewehr mit Zielfernrohr. Eine kleinkalibrige Waffe, die keine riesigen Verletzungen oder Zertrümmerungen verursacht.
Um zehn verläßt Lund die Wohnung in der leichtesten Hose, die er im Kasten gefunden hat. Er fährt mit dem Lift ins Erdgeschoß, läuft einem Briefträger über den Weg, der ihn aufhält.
„Wohnen Sie da?" will der Briefträger wissen.
„Nein."
Der Briefträger hebt das von ihm vor seiner Frage fallengelassene Bündel Zeitungen wieder auf und geht zur Hausbriefanlage weiter. Der hat mißtrauisch geklungen, redet sich Lund eine Zeit lang ein. Der kann nicht mißtrauisch sein, weiß er wenig später. Vermutlich ist er nur neu in diesem Rayon.
Lund fährt mit der Straßenbahn und der Stadtbahn zum Westbahnhof. In der Stadtbahn bleibt er auf der gerippten Plattform und studiert die Benützungsvorschriften. Ein Kontrollor mit schwarzer Schirmkappe steigt ein, überprüft Lunds Fahrschein. Bei der nächsten Haltestelle steigt ein zweiter Kontrollor mit Kinnbart zu, der ebenfalls den Fahrschein begutachten will. Lund lehnt mit dem Kopf ab.
„Auch gut", erklärt der Kontrollor. „Das macht 200 Schilling."
Lund schüttelt wieder den Kopf, sagt weiterhin kein Wort und zeigt zum anderen Kontrollor, der im Wageninneren bei einer älteren Frau steht, die schwerhörig ist oder sich schwerhörig stellt. Der Kontrollor im Wageninneren bestä-

tigt mit einem Nicken, daß Lund einen Fahrschein besitzt, der in Ordnung ist. Lund lächelt.
„Warum sagen Sie nichts?" ärgert sich der Kontrollor mit dem löchrigen Bart. Er muß sein kleines Strafbuch wieder einstecken. Dem Kollegen im Wageninneren wird er gleich seine Klassifizierung Lunds mitteilen: Arschloch.
Lund weiß, daß er eigentlich falsch gehandelt hat. Auch wenn sechs Kontrollore aufgetaucht wären, hätte er sechsmal den gültigen Fahrschein einfach vorweisen sollen. Jedem unnötigen Konflikt sollte er ausweichen.
Auf dem Westbahnhof wählt Lund in einer Kabine die Nummer des Auftraggebers und läßt lange läuten. Es hebt niemand ab. Er besorgt sich beim Kiosk im ersten Stock eine Zeitung, in der die Aufforderung Kottans an Zahnärzte und Krankenhäuser enthalten ist. Lund ist gleich sicher, was das bedeutet. Die Identität Haumers ist nicht unbedingt gegeben. In der Zeitung heißt der Vorfall vom Montag noch *Unfall.*
Das Bahnhofwirtshaus ist fast leer. Zwei Männer in langen Mänteln spielen bei den Stehtischen 17 und 4. Sie trinken aus großen Gläsern Weißwein. Der Musikautomat wird repariert. Eine öde Kulisse. Lund geht zum Schanktisch, hinter dem eine dicke Frau mit vielen Löckchen auf einem Sessel mit Plastiklehne sitzt. Sie kommt ächzend hoch.
„Eine Büchse Bier", sagt Lund.
„Was wollen Sie?" fragt die Verkäuferin laut. „Dosenbier?"
„Ja."
„Red' nicht so geschwollen daher. Willst mich ärgern?"
„Nein."
Sie stellt ihm die Dose hin und kassiert 15 Schilling.
Um 11 befindet sich Lund wieder in der Telefonkabine. Jetzt hebt der Auftraggeber schon beim zweiten Tüten ab.
„Ich bin es", sagt Lund nur. „Haben Sie die Zeitung gelesen?"
„Ja." Die Stimme des Auftraggebers hört sich sorgenfrei an.

„Möglicherweise ist nicht Haumer in dem Auto gestorben."
„Bestimmt war es Haumer. Das steht endgültig fest. Sie haben mich gestern schön für dumm verkauft."
„Warum?"
„Haumer ist erschossen worden. Kein Unfall."
„Wer behauptet das?"
„Ist im Radio durchgegeben worden."
„Von wem erschossen? Ich war es nicht."
„Ist schon gut", meinte der Auftraggeber gut gelaunt. „Wann wollen Sie über den Rest verfügen?"
„Ich melde mich."
„Richtig, Sie bleiben ja noch", sagt der Auftraggeber mit ungebrochener Fröhlichkeit. „Recht haben Sie. Machen Sie sich ein paar schöne Tage."
Vor den Telefonzellen fragt ein glatt rasiertes Männchen mit weißen Schläfen, ob Lund seine Zeitung noch benötigt. Lund gibt sie bereitwillig ab. Beim Ausgang hält er einer Autostopperin mit Rucksack die Tür auf, bevor er ins Freie kommt. Er schaut nach oben. Der Himmel ist praktisch wolkenlos. Jemand berührt ihn von hinten an der Schulter: ein Polizist, der freundlich salutiert.
„Kommen Sie mit," sagt er; gar nicht mehr freundlich.
„Warum?"
„Nicht fragen", meint der Polizist, „nur mitkommen."
Er befördert Lund vor sich her, zurück in die Bahnhofshalle, wo ein zweiter uniformierter Polizist wartet, der den kleinen Mann mit den weißen Schläfen festhält. Daneben steht noch ein dicker Zivilist, wahrscheinlich ein Kriminalbeamter, glaubt Lund, der sich als Tourist getarnt hat: mit einer Polaroid-Kammera und einem gelben Aufschlaghemd, das mit verschiedenen Cognac-Marken bedruckt ist.
„Jerabek", stellt sich der verkleidete Polizist vor. „Ich habe die Übergabe beobachtet."
„Was reden Sie?"
„Gut beobachtet", verbessert sich Jerabek, der ein Pola-

roid-Foto hält. Auf dem Foto ist das etwa vierzigjährige Männchen zu sehen, dem Lund die Zeitung überreicht. „Gelungenes Foto, nicht wahr?"
„Ich kann mich ausweisen", bietet Lund an.
„Umso besser", findet Jerabek, „Wissen wir gleich, an wem wir sind." Er ergreift den von Lund hingehaltenen Reisepaß. „Aha. Herr Schroth. Aus Köln." Er wendet sich dem anderen Festgenommenen zu, der bis jetzt noch nicht den Mund aufgemacht hat. „Und Sie? Kein Ausweis?" Jerabek bekommt keine Antwort. „Schön, das macht die Angelegenheit spannender. Name?" Das Männchen hüllt sich beharrlich in Schweigen. „Naja", gibt sich Jerabek witzig, „in der Aufregung weiß man oft nicht, wie man heißt."
„Was soll denn übergeben worden sein?" fragt Lund.
Der uniformierte Polizist, der den Namenlosen festhält, weist ein Päckchen vor.
„Was ist das?"
„Wissen wir noch nicht", antwortet Jerabek bissig. „Sacharin bestimmt nicht. Vielleicht helfen Sie uns auf die Sprünge? Wir sind informiert worden, daß es heute zu einer Übergabe kommt."
„Klären Sie das gefälligst auf", verlangt Lund von seinem angeblichen Mittäter. „Sie wissen doch ganz genau, daß ich Ihnen nur eine Zeitung übergeben habe."
Das Männchen zuckt die Achseln, weicht Lunds Blick aus und findet die riesige Bahnhofsuhr besonders interessant.
„Unser Nobody ist stumm", sagt Jerabek. Jeder der uniformierten Polizisten quittiert die Feststellung mit einem kurzen Grinsen.
Lund ist klar, daß der andere Festgenommene die Überwachung des Bahnhofs bemerkt hat und mit der Bitte um die Zeitung einfach ihm den aktiven Part zuspielen wollte. Er holt zu einem Tritt aus, den der Polizist neben ihm unterbindet.
„Sie haben telefoniert", meint Jerabek zu Lund.

„Ist das in Österreich verboten?“
„Mit wem?“
„Mit dem Hotel.“
„Wo wohnen Sie?“
„Noch nirgends. Bin ja erst angekommen.“
„Der eine heißt nicht, der andere wohnt nicht“, kommentiert Jerabek schon wieder für die *Galerie,* die mittlerweile neben den zwei Uniformierten aus wenigen gaffenden Zuschauern besteht. „Alle beide aus Luft.“ Wahrscheinlich, vermutet Lund, gestaltet Jerabek Verhaftungen immer so humorvoll.
„Im übrigen“, teilt Jerabek mit, „haben wir auch einen Film von der Übergabe gedreht.“ Er zeigt auf einen Mann, der in einiger Entfernung mit einer Super-8-Kamera abwartet. Auf einen Wink Jerabeks verläßt der Mann den Bahnhof.
„Interessanter Film“, sagt Lund, der sicher ist, diese Situation nicht unbeschadet verlassen zu können.
„Goldenen Bären werden wir keinen kriegen“, bedauert Jerabek. „Sie sehen, leugnen ist zwecklos. Sie sind dran. Alle zwei.“
Er läßt beide Festgenommenen von den Uniformierten durchsuchen, gibt nur mündliche Tips dazu. Beim Männchen kommt ein Revolver zum Vorschein.
„Oh“, sagt ein Dienstmann, der sich unter den Zuschauern befindet. Ein kleiner, gestutzter Pudel beginnt zu kläffen. Jerabek weist ihn samt seiner Besitzerin aus der Halle.
Lund hat außer dem Paß nur österreichisches und deutsches Geld eingesteckt.
„Kein Gepäckaufbewahrungsschein?“ wundert sich Jerabek.
„Nein.“
„Auch kein Schlüssel für ein Schließfach?“
„Nein.“
„Sie sind ohne Gepäck in Wien?“
„Das ist verloren gegangen.“ Lund spürt, daß das nur mehr ein lächerliches Rückzugsgefecht ist.

„Traurig", spottet Jerabek. „Für Ihre Verlustanzeige werden wir uns später auch noch Zeit nehmen. Wenn Sie wirklich noch Wert darauf legen."
Er läßt das Männchen und Lund in zwei mittlerweile eingetroffene Funkstreifenautos verladen.

Im Sicherheitsbüro wird Lund von Jerabek und einem zweiten Beamten verhört. Der Inhalt des Päckchens hat sich schnell als Heroin herausgestellt.
„Astrein", sagt Jerabek. „Um in Ihrem Slang zu bleiben."
„Ich habe damit nichts zu tun", beteuert Lund. „Der Zwerg will mich reinlegen."
„Mit welchem Zug sind Sie gekommen?" will Jerabek wissen.
Lund nennt den Namen und die Nummer eines Zuges, der am Morgen aus der Bundesrepublik eingetroffen ist. Lund hat den Namen, während er auf seinen zweiten Anruf gewartet hat, auf der Ankunftstabelle lesen und sich merken können.
„Wo ist Ihre Fahrkarte?" fragt Jerabek mit plötzlich verschnupfter Stimme und gibt sich im nächsten Moment selber die Antwort. „Die ist wohl gleichzeitig mit Ihrem Gepäck in Verlust geraten. Habe ich recht?"
„Ja."
„Unwahrscheinlich", sagt Jerabek.
„Die Wahrheit", sagt Lund.
Jerabek muß kräftig niesen und sich schneuzen.
„Keine Erziehung", meint er sachlich zum anderen Beamten, der nur als Aufsicht anwesend zu sein scheint. „*Zum Wohl* sagt man doch bei Euch bestimmt auch."
„Es wäre gelogen", sagt Lund.
Jerabek gefällt die Antwort, er stößt seinen Kollegen gegen die linke Schulter und trägt das Papiertaschentuch zum Papierkorb.
„In welcher Klasse sind Sie denn gereist?"
„In der zweiten."

„Allein im Abteil?“
„Eine ältere Dame, die ununterbrochen gestrickt hat, war mit mir im Abteil.“
„Herzig“, sagt Jerabek und knöpft sich seine Jacke auf. „Die Miss Marple.“
„Dann ist noch ein Vertreter für Lesegeräte dazugekommen.“
Jerabek verspricht eine rasche Überprüfung von Lunds Angaben. Lund weiß, daß ihm die beiden Kriminalbeamten kein Wort glauben. Auf keinen Fall werden sie die von ihm gemachten Äußerungen über die Bahnfahrt im Eiltempo überprüfen können.
„Kasperltheater“, nennt der zweite Beamte das Verhör. Er heißt Oskar Czermak und ist erst seit zwei Jahren beim *Suchtgift.* „Dem gehört eine aufs Maul.“
„Ja?“ sagt Jerabek, der dafür nicht zu haben ist.
„Oder in die Nieren.“
Jerabek lehnt ab. Lund hat mitgehört, weil die Beamten mit Absicht nicht geflüstert haben. Die verbale Drohung hält Jerabek für durchaus akzeptabel. Er wendet sich wieder Lund zu.
„Wo wohnen Sie in Köln?“
„Wie?“
„Ihre Adresse!“
„Maximilianstraße 56, Tür 13.“
Jetzt ist die Sache endgültig erledigt. Wahrscheinlich gibt es eine Straße mit diesem Namen in Köln überhaupt nicht. Lund war überzeugt, daß die alleinige Überprüfung seines Paßnamens nichts ergeben hätte. Ein Walter Schroth ist in Köln auf jeden Fall gemeldet, hat man ihm in Saarbrücken versichert.
Jerabek begleitet Lund zum Fotografieren und zur Prozedur für die Fingerabdrücke. Eine Anfrage, ob etwas gegen Walter Schroth vorliegt, an die zuständige Stelle in der Bundesrepublik läuft schon. Im internationalen Fahndungsbuch hat Jerabek den Namen Schroth nicht finden können. Er wird

auch die eben genannte Adresse überprüfen lassen. Das Männchen, das in einem anderen Zimmer vernommen wird, schweigt noch immer.
„Scheiße“, sagt Lund, bevor er seine Finger einzeln in den vorgeschriebenen Quadraten auflegt.
„Wollen Sie mit Ihrer Botschaft oder Ihrem Konsulat Kontakt aufnehmen?“ fragt Jerabek.
„Nein“, antwortet Lund schnell.

Der Film ist außerordentlich rasch entwickelt und vorführbereit. Er ist auch ein unumstößlicher Beweis; allerdings ausschließlich für Lunds Beteuerungen. Es ist deutlich zu sehen, wie Lund nur die Zeitung übergibt. Das Paket hat das Männchen vom Anfang an in seiner Tasche gehabt. Auch das mehrmalige Betrachten des Films ändert an dieser Tatsache nichts.
Jerabek holt Lund persönlich aus der Untersuchungszelle, entschuldigt sich wort- und gestenreich, gibt den Paß zurück und berichtet, daß Männchen (ein Italiener) habe zugegeben, daß Lund nichts mit dem Heroin zu tun hat. Lund muß jetzt doch an Zufälle glauben. Als ihm vorhin die Fingerabdrücke abgenommen wurden, hat er sich endgültig aufgegeben. Seine Fingerabdrücke sind international bekannt, obwohl seine großen *Arbeiten* alle gelungen sind.
Den allerersten Auftrag, bei dem es um die Tötung eines Gemischtwarenhändlers in Kopenhagen ging, wollte er seinerzeit als Notwehr tarnen, ist aber wegen Notwehrüberschreitung verurteilt worden. Diesen halb mißlungenen Auftrag hat Lund aus seiner privaten Statistik gestrichen. Ein paar Morde in ganz Europa wurden ihm später zu Recht, einige nur fälschlich zugeschrieben.
„Sie werden gleich die nötige Verlustanzeige wegen Ihres Gepäcks erstatten“, schlägt Jerabek vor.
„Hier?“
„Hier geht es nicht. Ist Ihnen der Koffer auf dem Bahnhof weggekommen?“

„Ja."
„Dann müssen Sie auf dem Wachzimmer dort die Anzeige machen. Ich lasse Sie selbstverständlich hinbringen."
Jerabek geht mit Lund die Stufen hinunter zum Ausgang, entschuldigt sich noch einmal, schiebt Lund in einen wartenden Funkstreifenwagen und schlägt die Tür zu.
„Glück gehabt", murmelt er, als er wieder im Gebäude ist, weil Lund keine Schwierigkeiten gemacht hat. In zwei Stunden wird er ganz anders darüber denken. Er holt sich ein *Sprite* vom Gangautomaten auf seinem Stock.
Lund sitzt im Fond, hat kaum Platz für seine Beine. Seine derzeit geringste Sorge. Immer noch befürchtet er, die Funkstreife könnte zurückbeordert werden. Er schwitzt auf den Handflächen, die er gegeneinanderpreßt.
„Lassen Sie mich hier aussteigen", sagt Lund, als das Polizeiauto auf den großen Parkplatz beim Bahnhof einbiegt.
„Das Wachzimmer ist dort drüben", macht ihn der hilfsbereite Fahrer aufmerksam.
„Ich muß auf die Toilette. Dringend. Den ganzen Tag bin ich nicht dazu gekommen."
„In Ordnung", sagt der Fahrer verständnisvoll und steigt auf die Bremse.

15

Kottan vertraut sich auch den Fahrkünsten Schremsers an, der zunächst protestiert und sich weigern will, seinen Wagen für die *überflüssige* Ausfahrt zur Verfügung zu stellen. Der gemeinsame Dienstwagen ist in der Polizeiwerkstatt beim Ölwechsel. Schremser fährt zwar meistens etwas zu schnell, aber recht passabel.
Beide Beamten sind erleichtert, weil das *Ist-er's-oder-ister's-nicht-Spiel* vorbei ist. Schremser fällt ein, daß er bei Uhrmacher die Frage nach Ilona Rössler vergessen hat, findet es allerdings nicht tragisch. Uhrmacher hätte die Frage

kaum beeindruckt. Schremser beschäftigt sich in Gedanken lieber damit, was Haumer mit dem gestohlenen Opel vorgehabt haben könnte.
Während Schremser bei diesen Überlegungen auf keinen grünen Zweig kommt, nimmt Kottan die Zeitung, die im Citroen auf dem Rücksitz liegt. Schon die erste Lokalmeldung reicht für Kottan aus, um die Zeitung gleich wieder auf den Rücksitz zu werfen.
„Sind deine Aktien gefallen?“ fragt Schremser.
„Ein Lehrling hat eine Bank überfallen“, gibt Kottan den Inhalt der Meldung wieder, „einen Kassier angeschossen und 120 000 Schilling erbeutet. Was, glaubst du, hat er mit dem Geld gemacht?“
„Verloren.“
„Er hat ein Motorrad gekauft, mit dem er nicht fahren darf, weil er erst 17 ist, eine Stereoanlage, Lautsprecher und eine Lichtorgel dazu. Er ist nicht einmal zum Auspacken gekommen.“
Das Haus in der Leystraße ist ein vierstöckiges Doppelzinshaus, 1912 erbaut, das zwei verschiedenen Besitzern gehört. Das rechte Haus ist renoviert worden, das linke Haus ist in desolatem Zustand. Am Stukkatur-Adler, der über den beiden Haustoren angebracht ist, wird die Halbierung besonders deutlich. Der linke Flügel ist ausgebessert und kalkweiß, der rechte Flügel zum Teil abgebrochen und beinahe schwarz. 27a ist das Abbruchhaus. Schon im Flur riecht es nach Katzendreck. Die Decken in mehreren Stockwerken sind mit geschälten Holzstämmen gepölzt. Neben der obligatorischen Hausordnung hängt ein Hinweis: *Achtung Rattenköder*. Die Ratten können nicht lesen, haben sich umgestellt und fressen die ausgelegten Köder auf. Gefährdet sind nur die türkischen Kinder, die den Hinweis auch nicht lesen können. Im Hof liegt Ziegelschutt.
Im Haus 27a wohnen nur mehr drei österreichische Parteien, ein 70-jähriges Ehepaar, das nicht ins Pensionistenheim mag, ein Verkäufer in einem Schallplattenladen, der

stur bleiben will, und die Familie Wiesinger, die aus dem Vater, der als Gartenarbeiter bei der Stadtverwaltung angestellt ist, und dem Sohn besteht. Die Mutter ist 1974 an Leberzirrhose gestorben: mehr oder weniger eine Berufskrankheit, da sie in einer Likörstube gearbeitet hat.

Die Wohnung der Familie Wiesinger verfügt über ein winziges Vorzimmer und zwei Kabinette. Wasser und Klo befinden sich auf dem Gang. Gerald Wiesinger ist zu Hause, wie es Scheutl vorausgesagt hat. Er ist 1,70 groß und hat eine Narbe auf der rechten Stirnseite. Im Freundeskreis gibt er gern einen Kampf mit einem Jugoslawen als Ursache für die Narbe an. In Wirklichkeit ist er als sechsjähriger Bub mit einer Rodel die Stiege hinuntergefallen.

Wiesinger hat eine Jeans mit offenem Reißverschluß und einen viel zu weiten langärmligen Pullover an, der an einigen Stellen dünn geworden ist. Ein etwa gleichaltriger Freund ist bei ihm. Sie sitzen beide auf dem Stahlrohrbett mit den gestreiften Matratzen, als Kottan ins Zimmer kommt.

Außer dem Bett befindet sich nur ein Kasten in dem kleinen Zimmer. An der Wand hängt ein großes Plakat vom *Weißen Hai,* daneben ein kleines, coloriertes Hitlerbild. Zwischen den Jerry-Cotton-Heftromanen liegen zwei Bücher: die blaue *Mein Kampf*-Ausgabe und ein bebildertes Buch über die Weltmeister im Schwergewichtsboxen. Auf einer umgedrehten Obstkiste steht ein Radio mit Kassettenteil.

„Es war offen", rechtfertigt Kottan sein Eindringen.

„Wenn ich daheim bin", sagt Gerald Wiesinger, „lasse ich immer offen. Da traut sich von den Türken keiner her. Wenn man nicht im Haus ist, nützt ein Vorhängeschloß auch nichts." Er ist sichtlich von seinen Worten überzeugt. „Sie kommen wegen der Delogierung?"

„Nein."

Erst jetzt kommt Schremser mit den Krücken ins Zimmer.

„Für das Rote Kreuz geben wir nichts."

„Polizei", sagt Schremser, während sich Kottan das Zimmer anschaut.

„Kann jeder behaupten."
Schremser holt wieder seine Legitimation an der vergoldeten Kette hervor.
„Was sagst du dazu?"
„Gefälscht."
„Bist du der Gerald Wiesinger?" fragt Schremser.
„Ja", sagt er und betrachtet seinen Freund. „Oder bist du es?"
„Ist der von eurem Verein?" fragt Schremser weiter und tippt den zweiten Jugendlichen mit einer Krückenspitze an.
„Nein. Er heißt Novotny und wohnt im Haus vis-a-vis. Was ist jetzt wieder?" Wiesinger wendet sich noch einmal seinem Freund zu. „Die Kieberer, wenn sie dich einmal im Aug haben, wirst nie wieder los."
„Jetzt schenkst du dir einmal deine Spruchweisheiten", sagt Kottan befehlend. Er will die Glühbirne am Plafond einschalten, weil es ihm in dem Kabinett zu finster ist.
„Strom gibt es nicht mehr. Das Gas ist schon vor zwei Monaten abgedreht worden. Wenn Sie einen Schluck Wasser haben wollen, müssen Sie sich beeilen."
Schrammel verliert die Geduld. „Jetzt reden wir normal!" brüllt er und setzt fast flüsternd fort: „Genauer Name?"
„Gerald Martin Wiesinger."
„Geboren?"
„Vermutlich."
Schremser hebt drohend eine Krücke.
„12. März 1962."
„Wo warst du am Montag um zwei?"
„Weiß ich nicht."
„Kann dein Arbeitgeber vielleicht für dein Alibi sorgen?"
„Schlecht. Ich bin arbeitslos. Ist bei euch was frei?"
„Wir sind nicht per du."
„Sie schon," ärgert sich Wiesinger. „Was wollt ihr mir anhängen? Den Türken kann so was nicht passieren. Die kriegen die freien Stellen nachgeschmissen."
„Blödsinn", unterbricht ihn Kottan. „Was ist mit euren Waffen?"

„Was soll sein? Sie sind konfisziert worden."
„Ihr habt doch bestimmt Gewehre."
„Nein!"
„Gehabt", sagt Novotny plötzlich, der bullig wirkt. „Eines."
„Halt den Mund!" schreit ihn Wiesinger an. „Der spinnt", erklärt er in Richtung Kottan.
„Du hältst den Mund. Was ist mit dem Gewehr?"
Die beiden Jugendlichen sitzen stumm und unbewegt auf den Matratzen. Von draußen ist ein Preßlufthammer zu hören, der weit weg sein muß.
„Heraus damit?"
Wieder ergreift Wiesinger die Initiative.
„Ich habe ein Geschäft vermittelt. Mich hat einer angesprochen im Café, ob ich ein Gewehr besorgen könnte. Nur leihweise." Er rempelt Novotny an. „Sein Vater hat eines gehabt. 5000 Schilling waren geboten, für nur zwei Tage."
„War trotzdem ein Scheißgeschäft", stellt Novotny fest.
„Hat es sich der Interessent nicht abgeholt?"
„Doch", bestätigt Wiesinger, „aber nicht mehr zurückgegeben."
„Was war das für ein Gewehr? Wißt ihr die Typenbezeichnung?"
„Ein FK 1000", ist Novotny sicher. Kottan schaut blitzschnell zu Schremser. Der macht bloß eine abfällige Handbewegung. Wahrscheinlich hat er recht, denkt Kottan, diese Übereinstimmung muß gar nichts bedeuten. Außerdem wechseln jeden Tag mehrere Waffen ihre Besitzer.
„Dein Vater hat einen Schein für das Gewehr?"
„Ja", nickt Novotny.
„Ich hätte merken müssen, daß uns der reinlegen will", erklärt Wiesinger. „Hat nur Johannisbeersaft im Café getrunken und wie ein Komiker dreingeschaut."
„Warum habt ihr euch überhaupt auf das Geschäft eingelassen?"

„Bei 5000 Schilling kannst nicht lang überlegen", sagt Wiesinger.
„Hat dein Vater das Fehlen des Gewehrs bemerkt?" mischt sich Schremser ein.
„Gestern."
„Er will es schleunigst zurückhaben?"
„Ja."
„War der Mann öfter in dem Café?"
„Nie vorher gesehen", antwortet Wiesinger. „Hätte ich einen Ausweis verlangen sollen? Übergeben habe ich unter der Eisenbahnbrücke in der Hellwagstraße."
„Wie alt war der Mann?"
„35 oder 45. Ich kann das nicht schätzen."
„Und sonst weißt du auch nichts?"
„Komisch angezogen war er."
„Wie?"
„Ich weiß nicht. Komisch eben."
Kottan ist über den knarrenden Bretterboden beim Hitlerbildchen an der Wand angekommen.
„Wo ist das her?"
„Aus der Zeitung."
„Und das liest du wirklich?"
Kottan berührt die verstaubte Mein Kampf-Ausgabe.
„Nur angefangen", schränkt Wiesinger ein. „Kann man nicht *ganz* lesen. Eines der paar Bücher vom Vater."
„Von dir brauche ich noch den vollständigen Namen und die Adresse", sagt Kottan zu Novotny, der sich auf das schekkige Stahlrohr am Kopfende des Bettes stützt. Kottan greift in die Innentasche, muß aber feststellen, daß er seinen Kalender auf der Ablagefläche im Citroen zurückgelassen hat. Er nimmt das Foto Haumers und notiert Novotnys Angaben auf der weißen Rückseite.
„Warum stellt ihr Fragen", regt sich Wiesinger auf, „wenn ihr schon wißt, wer das Gewehr von mir bekommen hat?" Er ist aufgesprungen. „Welcher Trick ist das?"
Kottan schaut ihn ahnungslos an.

„Das ist er“, sagt Wiesinger und zeigt auf die Vorderseite des provisorischen Notizblattes.
„Der Haumer?“
„Der war es.“
„Nicht möglich“, berichtigt Kottan. Auch etwas lauter. „Der ist am Montag erschossen worden.“
„Meinetwegen“, sagt Wiesinger. „Das Gewehr hat er sich letzte Woche abgeholt. Ist ihm eben einer zuvorgekommen.“
„Er ist mit einem Gewehr erschossen worden, das möglicherweise ein FK 1000 war.“
„Gibt es bestimmt viele.“
Kottan und Schremser verabschieden sich jetzt eilig. Novotny bleibt auf dem Bett zurück, Wiesinger begleitet die Polizisten zur Wohnungstür, kommt sogar ins Stiegenhaus nach.
„Ist noch was?“ sagt Schremser.
„So ein schlechtes Geschäft war das gar nicht“, erzählt Wiesinger.
„Das Gewehr habe ich gestern zurückbekommen.“
„Vom Haumer?“
„Mit der Post ist es gebracht worden.“ Wiesinger blickt nach hinten zur Tür, um sicher zu gehen, daß sein Freund noch im Zimmer ist. „Ich habe dem Novotny nichts gesagt.“
„Hast du es allein verkaufen wollen?“
„Warum nicht?“
„Schöner Freund“, sagt Schremser. „Wo ist das Gewehr?“
„Warten Sie.“
Wiesinger schleicht ins Zimmer seines Vaters und holt das Gewehr unter dem Bett hervor. Das Gewehr ist verpackt neben dem Nachttopf gelegen. Die Verpackung ist nur an einer Stelle ein wenig von Wiesinger aufgerissen worden.
Im Auto können sich die beiden Beamten noch immer nicht beruhigen. Das Gewehr liegt auf dem Rücksitz.
„Glaubst du, das ist die Mordwaffe?“ fragt Kottan.
„Möglich. Werden wir bald wissen.“

„Ich glaube es.“
„An der Identität des Toten kannst du nicht rütteln. Der Tote ist zweifellos Haumer.“
„Ich weiß. Der hat anscheinend seine eigene Ermordung nach Plan inszeniert.“
„Zelebriert“, verbessert Schremser. „Wieso soll er das gemacht haben?“
„Kennst du den *Tod des Handlungsreisenden?*“
„Was ist das?“
Kottan nimmt seinen Kalender von der verstaubten Ablage.
„Ein Stück von Arthur Miller. Ein Vertreter inszeniert, weil er keinen anderen Ausweg weiß, seinen Tod als Unfall, damit wenigstens die Versicherungssumme aus seiner Lebensversicherung für die Familie fällig wird.“
„Starkes Stück“, sagt Schremser.

Es dauert noch über eine Stunde, bis sich die bloße Vermutung durch den vorläufigen Bericht der Ballistik bestätigen läßt. Haumer ist mit einer Kugel aus dem Gewehr erschossen worden, das er sich nach den Angaben von Wiesinger und Novotny selbst besorgt hatte. Entweder hat sich Haumer die Waffe abjagen lassen oder er hat tatsächlich jemand beauftragt, auf ihn zu schießen. Gegen die erste Möglichkeit spricht vor allem Haumers Verhalten etwa beim Autodiebstahl. Er hat das Auto zwar gestohlen, sich aber mit einem Auftritt im Geschäft des Besitzers ausgiebig *vorgestellt,* was keiner Notwendigkeit entsprach. Er wollte offenbar erkannt werden.
Ist der Aussage Wiesingers zu trauen? Kottan hat eigentlich keine Zweifel, auch Schremser nicht, der den Jugendlichen erst gar nicht aufsuchen wollte. Schremser wird darauf nicht freiwillig die Rede bringen. Kottan macht keine Anspielung, weil er genau weiß, daß niemand mit diesem Ergebnis rechnen konnte. Er ist auch ziemlich sicher, daß es sich nicht um eine Versicherungssumme handelt, die jetzt von irgendje-

mand eingefordert werden könnte. Wem nützt Haumers Tod eigentlich? Uhrmacher vielleicht, möglicherweise auch Stoiber und Pellinger. Die Befragung Pellingers läßt sich nicht weiter aufschieben.
Wen hat Haumer mit seiner Ermordung beauftragt? Oder sollte man es lieber gleich bestellten Selbstmord nennen? Kottan sieht keine aussichtsreiche Möglichkeit, um den Schützen eruieren zu können. Das Gewehr wurde am Montag bereits um 16 Uhr vom Hauptpostamt am Fleischmarkt an Wiesinger aufgegeben. Am Gewehr fanden sich keine Fingerabdrücke, auf dem Paket nur unvollständige; wahrscheinlich von Postbediensteten. Schrammel war ja nicht in der Nähe.

16

Beim *Interview* mit Pellinger will Schrammel dabei sein. Kottan lehnt ab, weil er ein Aufgebot von drei Leuten für den kleinen Zuhälter übertrieben findet.
„Wir wollen ihn befragen“, rechtfertigt er seinen Entschluß. „Nicht erschrecken.“
Schrammel macht ein beleidigtes Gesicht und legt einen Kaugummi nach. Er soll auf dem Hauptpostamt Erkundigungen anstellen, ob sich jemand an die Aufgabe des immerhin auffälligen Pakets am Montag erinnern kann.
Vor der Abfahrt taucht Pilch im Büro auf. Den Austausch der Spraydosen dürfte er noch nicht bemerkt haben. Er berichtet vom Anruf eines stellvertretenden Bezirksvorstehers, der dem Dezernat nahelegt, Jakob Uhrmacher nicht über Gebühr zu belästigen.
„Was soll ich machen?“ fragt Kottan.
„Weiß ich nicht“, sagt Pilch. „Ich überbringe Ihnen nur die Nachricht.“ In der Maske des väterlichen Freundes gibt er sich nur bei Pressekonferenzen, bei denen Erfolge zu melden sind.

Gleich darauf erkundigt sich auch noch Dr. Brauneder von der Staatsanwaltschaft, was es mit der Befragung Jakob Uhrmachers auf sich hatte.
Der Dienstwagen ist inzwischen vom kleinen Service zurück. Sogar gewaschen ist er worden. Kottan setzt sich ans Steuer.
Pellinger wohnt in einer auf Hochglanz gebrachten Jugendstilvilla im 19. Bezirk. Kottan steigt nicht sofort aus, er betrachtet mit beinahe wütendem Gesicht das Haus und den Ziergarten.
„Für einen Strizzi wohnt er nicht schlecht", sagt Kottan.
„Der Uhrmacher erst recht nicht."
„Am Hungertuch scheint das ganze Trio nicht zu nagen."
Kottan besitzt selbst (mit seinem Bruder) nur eine gemauerte Badehütte in der Nähe von Tulln. Das Häuschen befindet sich auf zwei Meter hohen Pfeilern, weil das Grundstück zum Hochwassergebiet gehört. Der Grund war deswegen billig zu haben. Das jährliche Hochwasser ist auch noch nie ausgeblieben.
Über fünf Marmorstufen gelangt man zum Hauseingang. Pellinger wird die Beamten gleich auf die Echtheit der Stufen aufmerksam machen. Er steht bereits hinter der Tür und zeigt sich zuvorkommend. Pellinger ist etwa von Kottans Größe, trägt einen matten Anzug mit Westchen, seine Haare sind frisch gewaschen. Von Pomade oder einem karierten Sakko keine Spur. Ein Showmaster, urteilt Schremser. Pellinger fühlt sich tatsächlich so.
Die von Pellinger unvermittelt begonnene Führung durch die Räume des Hauses bricht Kottan ab, der wissen will, wo die beste Gelegenheit für ein Gespräch gegeben ist.
„Im Salon", sagt Pellinger. „Oben."
Er hat sich im Ernst an der Rückseite des Hauses einen Lift bauen lassen, in dem er jetzt mit Kottan und Schremser in den ersten Stock schwebt. Der Salon ist angefüllt mit Stehlampen, Schränkchen, einem großen Porzellanhund, einem

Kanapee und unzähligem Krimskrams. Pellinger öffnet die Bar neben dem offenen Kamin.
„Was zu trinken?“
„Nichts“, sagt Schremser. „Danke.“
„Bier“, sagt Kottan.
„Gibt es bei mir nicht“, entschuldigt sich Pellinger. „Leider.“
„Ist wohl nichts für einen Feinspitz?“
„Bitte friedlich bleiben“, mahnt ihn Pellinger, der sich auf dem Kanapee niederläßt, während die zwei Polizisten mit einer Holzbank Vorlieb nehmen müssen. Pellinger hat auf der Oberkante des Kanapees eine aufsteckbare Nackenstütze angebracht, die für Autositze bestimmt wäre. Kottan gibt noch nicht auf.
„Die Polizeiakten kennen Sie in ganz anderer Verfassung.“
„Das ist lang her“, sagt Pellinger.
„Woher kommt das Geld?“
„Es gibt sie eben doch“, sagt Pellinger gelassen, „die anonymen Millionäre.“
„Märchenstunde“, meint Schremser.
Pellinger scheint sich selber zu glauben. Er schaut Kottan freundlich an. Kottan saugt an seiner Plombe.
„Ein Klassenlos muß man haben, Herr Inspektor.“
„Inspektor gibt es keinen!“ knurrt Kottan.
„Nein? Was sind Sie dann?“
„Sagst einfach Major zu mir.“
„Ein so vertrauliches Gespräch lehne ich ab.“ Er zeigt mit dem Zeigefinger auf Kottan und macht große Nasenlöcher.
„Na gut“, resigniert Kottan. „Was sagt Ihnen der Name Erwin Haumer?“
„Der arme Kerl ist erschossen worden, habe ich gehört.“
„Von wem gehört? Von Uhrmacher?“
„Im Mittagsjournal. Soll ein Gauner, Idiot und Erpresser gewesen sein, habe ich außerdem gehört. Nicht im Mittagsjournal.“
„Den Uhrmacher kennen Sie schon?“

„Herr Uhrmacher heißt das. Ein bißchen."
„Sie spielen bei ihm Bridge?"
„Ja."
„Hat er Sie informiert, daß wir am Vormittag bei ihm waren?" wirft Schremser ein.
„So gut kenne ich ihn wirklich nicht." Pellinger hat es sich noch bequemer gemacht und die Kopfstütze nach hinten verstellt.
„Wo waren Sie am Montag um zwei Uhr?" fragt Kottan.
„Beim Bridge."
„Um die Zeit ist zufällig Erwin Haumer erschossen worden."
„Pechvogel."
„Sie und Uhrmacher haben ein gegenseitiges Alibi. Ideal."
„Es hat mich ja nicht nur der Herr Uhrmacher dort gesehen."
„In Ihrer früheren Branche sind Sie nicht mehr aktiv?"
„Nein. Schon lang nicht."
„Und wenn wir Ihre Schönheit von früher befragen?"
„Können Sie ruhig machen. Die verdient ihr Geld jetzt in einer Kinokassa."
Kottan hat keine Lust mehr. Er steht auf, Schremser erhebt sich ebenfalls. Er hat noch eine Frage auf Lager. „Wie stehen Sie zu Alfons?"
„Der . . ." Pellinger verredet sich doch nicht. „Welcher Alfons?"
„Stoiber."
„Keine Ahnung, wer das ist. Spielt er Bridge?"
„Der hat uns abserviert wie vor ein paar Stunden der Uhrmacher", sagt Schremser auf den Marmorstufen im Freien.
„Dem Stoiber wird das genauso spielend gelingen", prophezeit Kottan.
„Der ist wenigstens noch nicht zurück."

Das Büro ist besetzt, als Kottan und Schremser ankommen. Jerabek läßt den Verhörsessel fast zur Gänze unter sich verschwinden und löffelt einen Gabelbissen aus. Pilch, der auf Kottans Polster gesessen ist, steht sofort auf. Er fährt mit der Zunge seine Oberlippe entlang. Kottan bleibt unter der Kugellampe stehen, Schremser lehnt sich gegen die Tür, durch die er das Zimmer betreten hat.

„Hallo", sagt Jerabek sauer. „Ich habe einen Mörder für euch ohne Mord."

„Fein", sagt Kottan ungerührt. „Den kann ich brauchen. Ich habe einen Mord ohne Mörder. Wo ist er?"

„Ich habe ihn laufen lassen."

„Weil du nicht zuständig bist?" ätzt Schremser. Jerabek weiß die Bemerkung nicht zu würdigen. Pilch beschäftigt sich weiterhin mit seiner Oberlippe.

„Das ist eine verdammte *und* dumme Geschichte", bleibt Jerabek ernst. „Wir haben heute am Westbahnhof bei einer Übergabe zwei Verdächtige festgenommen. Der eine, stellte sich heraus, hatte nichts damit zu tun und wurde auf freien Fuß gesetzt." Daß er Lund sozusagen im Polizei-Taxi wegbringen hat lassen, behält er für sich. „Die Überprüfung seiner Adresse und der Fingerabdrücke habe ich deswegen nicht mehr gestoppt. Die Adresse in Köln und der Name waren falsch. Die Fingerabdrücke beweisen, daß er ein von vier Staaten gesuchter Mörder ist."

„Was soll ich jetzt unternehmen? Ihn bitten, daß er zurückkommt?"

„Ein Auftragskiller ist das. Verstehst du?"

„Ja."

„Bei uns in der Stadt."

„Freigewähltes Exil", meint Schremser.

„Der ist garantiert nicht auf Urlaub hier. Der hat was vor."

„Hier hat noch nie jemand einen Spezialisten gebraucht", erklärt Kottan, „zumindest keinen Ausländer, keinen Reisenden auf dem Gebiet."

„Der Haumer vielleicht", sagt Schremser.

„Der hat den nicht benötigt für seine letzte Vorstellung", glaubt Kottan. „Wäre ihm auch viel zu teuer gekommen."

Er betrachtet die Polizeiaufnahmen von Lund. Auf den Fotografien steht noch Walter Schroth. In den Telex-Angaben findet sich der richtige Name. Kottan behält eine der Fotografien in der Hand.
„Wie ist dein Eindruck von ihm?"
„Er wirkt wie ein gutmütiger Basketballspieler."
„Ist er mit einem Zug gekommen?"
„Er hat kein Gepäck bei sich gehabt."
„Also ist er schon länger hier, hat was vorbereitet oder bereitet was vor."
„Wird der nicht versuchen", sagt Jerabek, „möglichst schnell Wien und Österreich zu verlassen?"
„So einfach ist das nicht. Er muß annehmen, daß wir bald nach seiner Entlassung seine richtige Identität festgestellt haben. Hast du die Fahndung vorbereitet?"
„Ja."
„Eine Großfahndung?" will Kottan vom Dezernatsleiter wissen. „Oder?"
„Wenn Sie meinen, Kollege."
„Die Fotos müssen heute noch ins Fernsehen. Zu größter Vorsicht mahnen. Ich glaube, der bleibt noch, sogar, wenn er seinen Auftrag jetzt bleiben läßt."
„Wo kann sich so einer verstecken?" meldet sich Pilch noch einmal zu Wort. „Haben Sie eine Ahnung?"
„Sicher", behauptet Kottan und zeigt aus dem Fenster, von dem aus die halbe Stadt überblickt werden kann. Die ersten Lichtreklamen werden eingeschaltet. „Irgendwo da draußen."
Jerabek, den das verhaftete Männchen am Nachmittag einmal *Schweinchen Dick* genannt hat, unternimmt mit Schremser die notwendigen Schritte. Pilch verläßt ebenfalls das Zimmer. Kottan versucht sich auf den Haumer-Fall zu konzentrieren. Der Fall ist immerhin einmal anders: zumindest verwirrend. Kottan hat den Eindruck, daß er mit Schrammel und Schremser nur mehr von Tür zu Tür geht, um die Fragen zu stellen, die jeder erwartet. Eigentlich auch

wie immer, findet er dann. Er will durch das Finanzamt, in dessen Zuständigkeit Uhrmacher fällt, über Uhrmachers Einkommens- und Vermögenslage Bescheid bekommen. Da erreicht er heute niemand mehr. Den Pellinger könnte er höchstens für eine Überprüfung der Vermögenssteuer empfehlen.

Lund, steht im Telex, soll bei seinen Aufträgen gezielte Gewehrschüsse bevorzugen. Das versetzt Kottan doch in Erstaunen, dem Lunds kurzsichtiger Blick auf den Fotos aufgefallen ist. Vielleicht haben Uhrmacher, Stoiber und Pellinger sich Lunds Dienste gesichert. Oder nur einer von den dreien? Die könnten sich Lund bestimmt leisten. Gegen Haumer? So kann es nicht gewesen sein. Wie wäre Lund an das von Haumer besorgte Gewehr gekommen? Für ein paar Sekunden hat Kottan zum ersten Mal einen ganz anderen Verdacht.

Schremser kommt wieder ins Zimmer.

„Soll ich hierbleiben?“ fragt Kottan.

„Ich bleibe“, antwortet Schremser. Er hat für heute kein besonderes Essen vorbereitet. Das Guppyweibchen, das er einem Papageiplaty ausgeliefert hat, wird erst in ein paar Tagen für Nachwuchs im Aquarium sorgen.

„Ich bin den Abend über daheim erreichbar.“ Kottan öffnet die Tür und stößt beinahe mit Schrammel zusammen.

„Nichts habe ich herausbekommen“, berichtet Schrammel.

„Habe ich erwartet“, sagt Kottan und schließt von außen die Tür.

Beim Abendessen ist Kottan mit seiner Frau allein. Erika und Gerhard haben schon früher gegessen und sich in ihre Zimmer zurückgezogen. Elisabeth ist von ihrem Freund, einem Pilot beim Bundesheer, abgeholt worden. Die beiden gehen in ein indisches Restaurant, nachher ins Kino oder tanzen. Ilse ißt nur langsam. Kottan glaubt, daß sie die beste

Möglichkeit abwartet, um ihn mit einer Neuigkeit zu überraschen. Er irrt sich nicht.
„Die Sissi wird zur Matura nicht zugelassen", sagt sie, als sich Kottan über den Nachtisch hermachen will. Kottan schaut sie an, zögert, beginnt dann doch mit dem Nachtisch: Erdbeeren mit Staubzucker.
„Dir ist das egal?" Ihre wasserblauen Augen funkeln.
„Nein", sagt Kottan. „Ich kann ihr die Prüfungen nicht abnehmen."
„Und ausgerechnet heute geht sie aus."
„Jetzt hat sie ja genug Zeit."
„Allerdings. Ein ganzes Jahr verliert sie."
„An wen?" fragt Kottan und kratzt sich an der Nase. Im Schnurrbart hängen zwei Erdbeertropfen.
„Du hast selber zweimal eine Klasse wiederholen müssen."
„Was habe ich verloren?"
„Du hast keine Hand für Kinder." Kottan schätzt, daß sie den Satz in den letzten zwölf Jahren bestimmt an die 400-mal vorgebracht hat. Bestimmt hat sie recht. Er beeilt sich mit den Erdbeeren und weicht dem aufkeimenden Streit ins Badezimmer aus.
„Feigling", sagt Ilse und schaut ihm nach. Er setzt beim Gehen die Fersen fest auf. Das Hemd ist ihm schon während des Essens aus der Hose gerutscht, weil er beim Tisch gern den obersten Hosenknopf öffnet: eine Angewohnheit, die seiner Bequemlichkeit dient. Die geschlossene Hose würde seinem Bauch schon noch standhalten. Für *den* Mann hat Ilse seinerzeit nicht geschwärmt.
Kottan sperrt die Tür ab, läßt Wasser einlaufen und klettert in die Badewanne. Vom Telefontischchen im Vorzimmer hat er eines der Merkblätter mitgenommen, die heute in dreifacher Ausfertigung eingelangt sind. Der Wiener Stadtschulrat hat mit der Suchtgift-Abteilung der Polizei eine Kampagne gegen den Genuß von Rauschgift durch Schüler gestartet, weil die meisten Eltern völlig ahnungslos sind. Auf den Blättern werden die verschiedenen Formen der

Rauschgifte und die Symptome von Süchtigen erläutert. Ein Psychologe läßt sich darüber aus, was bei Schulkindern zum Drogengebrauch führen kann.
„Alles“, sagt Kottan, legt das Merkblatt auf die Waschmitteltonne neben der Badewanne, hält sich die Nase zu, schließt die Augen und taucht unter.

17

Lund hat beim Westbahnhof ein Taxi genommen, nachdem er sich von der Wegfahrt des Funkstreifenwagens überzeugt hat. Der Taxifahrer hat ohne Aufforderung von den am Sonntag bevorstehenden Galopprennen in der Freudenau berichtet und seine Mutmaßungen für die Einläufe bekanntgegeben. Lund hat sich in angemessener Entfernung von der Hochhausanlage absetzen lassen.
Im Zimmer befreit er sich von seinen Kleidungsstücken, läßt sie da fallen, wo er gerade steht und bleibt in der Unterhose auf einem Sessel beim Fenster. Er zündet sich eine Zigarette an, läßt den Rauch aber nur in die Mundhöhle vordringen. Die Wohnung muß er umgehend räumen. Die Fahndung nach ihm hat möglicherweise schon eingesetzt. Auf keinen Fall, da macht er sich keine Hoffnungen, bleibt ihm genug Zeit, über einen Straßen-Grenzübergang aus dem Land zu kommen. Den Leihwagen vor dem Haus kann er vergessen, weil er ihn mit dem Namen Walter Schroth angemietet hat.
Er legt das Gewehr auf den Boden der Falttasche und packt Wäsche drüber. Er wird einiges in der Garconniere zurücklassen müssen. Mit den Koffern will er nicht aus dem Haus.
In der Dämmerung schaltet Lund das Licht nicht ein, verharrt auf seinem Posten beim Fenster. Draußen ist kaum noch jemand unterwegs. Um 20 Uhr 30 kommt aus der Stiege zwei der gegenüberliegenden Wohnhausanlage eine Frau, die einer orangeroten Tigerkatze an einem langen Strick etwas Auslauf verschafft. Zwischen den Wohnhausanlagen sind zwei breite Rasenstreifen mit Sträuchern und

drei Ahornbäumen, außerdem ein Kinderspielplatz mit Kletterturm, Wippe und Rutsche. Lund hat die Frau schon an früheren Tagen beobachten können.
Erna Kovarik ist 37 Jahre alt, 1,60 groß, mollig und hat brünette Haare. Sie lebt allein in einer Zwei-Zimmer-Wohnung. Sie hat sich von ihrem Mann, einem gelernten Installateur, vor sechs Jahren scheiden lassen, da er ein Dauerverhältnis mit einer um zehn Jahre jüngeren Tschechin eingegangen war. Kinder hat sie keine. Erna Kovarik arbeitet als Sekretärin und Telefonistin bei einer Getränkeauslieferung. Da hat sie immer schon gearbeitet.
Ihr Freundeskreis ist eng. Einmal hat sie bescheidene Hoffnung auf ein (von ihr in zwei Tageszeitungen gesetztes) Inserat verschwendet. Es sind insgesamt 50 Briefe gekommen; die meisten Zuschriften mit Bild: eine Ansammlung von Kuriositäten. Erna Kovarik hat alle Bilder (wie in ihrem Inserat versprochen) zurückgeschickt und schriftlich ihr Desinteresse mitgeteilt, auch denen, die kein Rückporto beigelegt hatten.
Mit zwei Männern hat sie telefonisch Kontakt aufgenommen. Der eine, ein 30-jähriger Spitalsarzt, ist nicht zum vereinbarten Treffpunkt beim Planetarium gekommen, der andere war ein 27-jähriger, großer und schüchterner Apotheker, der im Brief behauptet hatte, ausgiebig über Freizeit zu verfügen. Beim ersten Treffen hat er sie mit dem Auto auf der Suche nach einem geeigneten Lokal durch sieben Bezirke kutschiert, bevor sie ihn in ein verläßlich offenes Wirtshaus im Prater umleiten konnte. Auf jeden Fall war er ganz nett und wußte unterhaltsame Geschichten. Beim fünften Treffen, dem zweiten in ihrer Wohnung, hat er es erst gewagt, ihr Gesicht zu berühren. Gleichzeitig teilte er ihr mit, verheiratet zu sein. Beim sechsten Treffen hat er mit ihr geschlafen und ist mitten in der Nacht nach Hause aufgebrochen. Bis dahin war fast ein Jahr vergangen, weil sich die ausgiebig vorhandene Freizeit bald als leeres Versprechen herausgestellt hatte.

Die Katze heißt Corinna, ist sterilisiert und gegen Tollwut geimpft. Seit zwei Jahren teilt sie die Wohnung mit Erna Kovarik. Den abendlichen Spaziergang unternehmen die beiden, wenn es die Witterung erlaubt, fast jeden Tag, in der Hoffnung, nicht allzuvielen Hunden über den Weg zu laufen. Corinna bewegt sich kreuz und quer über den Rasen, zerrt am Strick, läßt sich nur schwer von einem verwitterten Ahornblatt abbringen, das sich im Wind leicht bewegt.
Um 20 Uhr 45 betritt Erna Kovarik wieder das Haus, nimmt der Katze das Halsband ab und legt den zusammengerollten Strick samt Halsband in ihr Brieffach im Erdgeschoß. Die Briefträger haben das bisher toleriert, obwohl es sich selbstverständlich um *mißbräuchliche Verwendung* von Eigentum der Post handelt. Beim Lift wartet ein großer Mann, der eine Reisetasche in der rechten Hand hat. Er grüßt und hält ihr die Aufzugstür auf.
„Welche Etage?“ fragt er.
„Dritte“, gibt Erna Kovarik bereitwillig Auskunft, die für die Liftfahrt die Katze auf den Arm genommen hat. Der Mann hat Etage gesagt, fällt ihr auf, nicht wie üblich Stock. Der ist nicht von hier, denkt sie. Der Mann in der offenen Lederjacke drückt den Knopf des dritten Stockwerks, der aufleuchtet, dann den des sechsten. Erna Kovarik kennt niemand aus dem sechsten Stock persönlich.
„Auf Wiedersehen“, sagt sie im dritten Stock, während ihr der Mann wieder die Tür öffnet. Dann kommt er hinter ihr zur Wohnungstür nach. Noch im Umdrehen nach ihm hört sie das Geräusch eines Springmessers, das aufgeklappt wird. Er hält ihr das Messer an den Hals und den Mund zu.
„In die Wohnung“, befiehlt er. „Dalli und kein Wort.“
Sie hat den Schlüssel schon in der Hand gehabt, sperrt auf, was ihr nur umständlich gelingt, obwohl sie sich nicht absichtlich Zeit lassen will. Lund hält sie jetzt am linken Oberarm fest, die Tasche hängt in seiner linken Armbeuge. Was wird das?, geht ihr durch den Kopf: Raub? Vergewaltigung? Er betritt mit ihr fast im Gleichschritt den Vorraum.

„Licht“, verlangt er, und sie schaltet das runde Wandlicht neben dem Spiegel in Körpergröße ein. Lund macht die Tür mit dem Fuß zu.
„Kein lautes Wort“, drückt er sich jetzt genauer aus und nimmt das Messer ein wenig zurück.
„Sie tun mir weh.“
Er läßt ihren Oberarm los, die Katze springt auf den Linolboden und jagt in die Küche. Besuchern gegenüber bleibt Corinna reserviert, weil die nur ihre Gewohnheiten durcheinander bringen.
„Wo führen die Türen hin?“
„Ins Bad, ins Klo, in die Küche, ins Wohnzimmer, ins Schlafzimmer“, zählt sie auf und zeigt auf die entsprechenden Türen. Sie versucht, ihre Angst nicht zu zeigen.
„Erwarten Sie jemand?“
Sie will schon mit ja antworten, überlegt es sich aber angesichts der wieder etwas näherkommenden Messerspitze.
„Nein.“
„Sind die Vorhänge in den Zimmern zugezogen?“
„Ja.“
„Sie machen in jedem Raum Licht.“ Erna Kovarik will gleich mit dem Badezimmer anfangen. Er hält sie noch einmal zurück. „Haben Sie eine Waffe in der Wohnung?“
„Nein“, sagt sie und schaltet hintereinander die verschiedenen Beleuchtungen ein. Lund stellt die Tasche auf die Eckbank in der Küche. Wenigstens eine übersichtliche Wohnung, registriert er zufrieden. Während ihres Beleuchtungsrundgangs hat er das Zuleitungskabel des Vierteltelefons aus dem Kästchen an der Vorzimmerwand gerissen. Den Schlüssel hat er ihr abgenommen, die Wohnungstür von innen zugesperrt und den Schlüssel in seine Hose gesteckt.
„Hat jemand einen zweiten Schlüssel zur Wohnung?“
„Nein.“
Erna Kovarik steht wieder im Vorzimmer, weiß nicht, was sie unternehmen könnte, während Lund das Wohnzimmer

und das Schlafzimmer begutachtet. Sie rafft sich zu einem Satz auf, der keine Antwort ist.
„Was ist mit Ihnen?"
„Ich werde gesucht", sagt er. „Genügt das? Machen Sie bitte nichts Unüberlegtes."
„Bitte?!"
„Ja. Machen Sie keine Schwierigkeiten. Meine Situation läßt keine Rücksicht zu."
Lund hat noch immer das aufgeklappte Messer in der Hand. Der Griff ist braun und schmal, die Klinge eigentlich kurz. In der Garconniere hat er sich nicht mit der Beseitigung seiner Spuren aufgehalten. Das Material über Haumer hat er mitgenommen, um es bei nächster Gelegenheit zu vernichten.
„Ziehen Sie sich aus", heißt sein nächster Befehl.
Also doch Vergewaltigung, denkt sie fast schon gleichgültig und kommt seiner Aufforderung nach.
„Schwein", sagt sie.
„So sind Sie für mich am ungefährlichsten", behauptet er. Das stimmt zwar zum Teil, andererseits gefällt es ihm, hier seine Macht auszunutzen, die nur von einem kurzen Messer gesichert wird. Sie streift die Schuhe, die Bluse und den Faltenrock ab. Ihre Überlegungen, ob es einen Chance gegen den um einen Kopf größeren Mann geben könnte, führen nicht weit. Sie hat vorhin nicht gelogen. In der ganzen Wohnung gibt es keine Waffe, wenn man von den Wellschliffmessern in der Küchenlade absieht. Vielleicht hätte sie den Judokurs, den sie vor ein paar Jahren begonnen hat, doch weiter besuchen sollen?
Er fordert sie stumm zum Weitermachen auf. Sie kommt zuerst aus dem gelben Slip, auf dem Monday steht. Heute ist Mittwoch. Dann zieht sie den gelben BH ohne Körbchen, der sich nicht öffnen läßt, über den Kopf. Außer den weißen Socken, die ihr etwas über die Knöchel reichen, ist sie nackt. Sie verschränkt die Arme vor ihren Brüsten und schaut zu Boden. Ein bißchen Restbräune vom Vorjahr ist zu sehen.

Auf dem rechten Oberschenkel befindet sich ein dunkler Fleck, der dicht behaart ist. Die Haare zwischen den Schenkeln sind heller.
Erna Kovarik sammelt ihre Kleidungsstücke ein, behält dabei ihren linken Arm weiterhin vor den Brüsten. Sie bringt das Gewand ins Badezimmer, legt es auf die Waschmaschine.
„Und jetzt?"
„Habe ich Hunger", stellt er fest. „Was haben Sie im Kühlschrank?"
„Buttermilch, Extrawurst, Emmentaler und zwei Schweinsschnitzel."
„Gut", sagt Lund. „Sie kochen. Wiener Schnitzel habe ich noch nicht gehabt, obwohl ich schon einige Tage hier bin. Die werden Sie doch zustandebringen?"
„Ja."
Sie macht ihn nicht darauf aufmerksam, daß zu einem richtigen Schnitzel Kalbfleisch gehört. Sie nimmt die beiden Fleischstücke aus dem Eiskasten und aus einem Fach daneben die Schachtel mit der Fertigpanier. Lund hat sich zum Küchentisch gesetzt. Er legt das Messer mit der nun eingezogenen Klinge auf die grüne Tischplatte.
Sie holt die Sicherheitspfanne aus dem Hängekästchen hinter Lund. Im Kästchen steht auch der schwere Drucktopf. Er verfolgt sie ausnahmsweise nicht mit seinen Blicken. Sie stellt sich vor, wie sie den Topf auf seinen Schädel niedersausen läßt. Die ganze Küche sieht sie voll Blut. Könnte sie überhaupt schnell genug sein?
„Schließen Sie den Schrank", sagt er. Sie macht das Kästchen schnell zu und geht mit der Pfanne zum Elektroherd. Die Platte ist schon eingeschaltet. Die Pfanne ist nicht mehr neu, sie benötigt schon einigermaßen Öl, damit nichts anbrennt. Erna Kovarik bleibt bei den in der Pfanne schwimmenden Schnitzeln. Ihm imponiert das Bild mit der nackten Frau am Küchenherd. Sie hat es inzwischen aufgegeben, ihre Brüste zu verstecken.
Lund steht auf, tritt von hinten an sie heran und streichelt

ihre Brüste. Die Brustwarzen reagieren nicht auf seine Berührungen. Sie schweigt, wendet die Schnitzel. Lund läßt sie los und setzt sich wieder zum Tisch.
„Au!" schreit sie, weil sie ein hochspritzender Fettropfen oberhalb des Nabels getroffen hat. Jetzt bekommt sie eine Gänsehaut.
Vor dem Essen öffnet er eine Flasche Rotwein, die neben dem Eiskasten auf ihre Verwendung gewartet hat. Der Wein hat keinen Namen, heißt nur *Tafelwein* und ist aus einem Großmarkt in die Küche von Erna Kovarik übersiedelt. Die Getränkeauslieferung, in der sie angestellt ist, beschäftigt sich ausschließlich mit Bier und Cola-Ersatz. Lund bestimmt, daß sie ebenfalls ein Schnitzel essen muß und zumindest genausoviel Rotwein trinkt wie er selbst. Der Wein schmeckt indiskutabel. Kopfschmerzen wird er davon bekommen, ist Lund jetzt schon sicher.
Er betrachtet sie auch während des Essens unentwegt. Ihre Brüste sind gar nicht besonders groß, hängen kaum nach unten. Die Streifen des BHs sind blasser geworden. Ihre Schultern sind breit, die rechte hält sie ständig etwas tiefer als die linke. Er wird sich diese Frau nicht entgehen lassen, faßt er einen endgültigen Entschluß, während sie ein paar losgelöste Panierstücke an den Tellerrand schiebt.
Nach dem Essen stellt er die weißen Teller in die Abwasch, die halb vollen Gläser bleiben auf dem Küchentisch zurück. Das Radio im Wohnzimmer liefert Disco-Musik, die Lund auch bei geringer Lautstärke unerträglich findet. Er sucht ein anderes Programm, stößt auf die Direktübertragung eines Fußballspiels im Europacup, dann meint der Peter Alexander in der deutschen Fassung eines Presley-Schlagers: *„Bist du einsam heut nacht?"*
„Im Moment nicht", sagt Lund. „Danke für die Nachfrage." Er dreht das Radio ab.
„Wollen Sie was spielen?" fragt Erna, um wenigstens irgendwas zu sagen, als sie die rauschende Toilette verlassen hat und im Türrahmen zum Wohnzimmer stehenbleibt.

„Spielen?"
„Schach vielleicht", schlägt sie vor, obwohl ihr dieser Vorschlag absurd erscheint.
„Schön", sagt er. Seit Jahren hat er nicht mehr Schach gespielt. In der Schule hat er sich manchmal an kleinen Turnieren beteiligt.
Sie holt das zusammengerollte Lederbrett und den ehemaligen Schnittenkarton mit den Figuren aus dem Sekretär. Ein schwarzer Turm fehlt, den Lund durch ein eingepacktes Hustenzuckerl ersetzt. Er überläßt ihr die weißen Figuren. Gespielt wird auf dem Tisch im Wohnzimmer: der zweite Eßtisch in der Wohnung. Er verlangt, daß sie beide Beine unter dem Tisch auf seine Oberschenkel legt. Er streichelt sie bis zum Knie. Sie zuckt hin und wieder mit den Kniescheiben, vermeidet es jedoch, ihn anzusehen. Er bleibt bei ihren Knien, kommt nicht höher: eine selbst gesetzte Grenze. Als Gymnasiast hat er sich, wenn er mit Mädchen weg war, auch immer für jedes Treffen eine Grenze gesetzt, über die er sich nicht hinauswagen wollte.
Erna Kovarik spielt nicht besser als er, läßt sich aber mehr Zeit. Er büßt ein Pferd und einen Läufer ein, weil er sich zu schnell für die einzelnen Züge entscheidet. Als er zum ersten Mal verloren hat, lächelt sie ihn sogar an.
„Nichts Unüberlegtes unternommen", meint sie. „Wie Sie gesagt haben."
„Wie heißen Sie?"
„Erna."
„Ich heiße Konrad Fellerer." Das ist nicht gelogen, denn im österreichischen Paß, den er ab morgen verwenden will, steht dieser Name. Sie lächelt noch einmal.
„Finden Sie Konrad komisch?"
„Ja."
Er hebt jetzt auch seine Beine, findet mit beiden Fersen auf ihrer Sesselfläche Halt und berührt sie von links und rechts mit den großen Zehen an den Hüften. Sie gibt vor, keine Notiz davon zu nehmen.

Lund verliert auch die zweite Partie, obwohl sie (wieder mit den weißen Figuren) mit einem Turmbauern eröffnet hat. Er läßt zwei Partien Freßschach folgen: das komplette Gegenteil von Schach. Hier gewinnt, wer zuerst keine Figuren mehr auf dem Brett hat. Lund kann auch bei diesem Spiel nicht reüssieren.
Für ein paar Minuten wechseln sie wieder in die Küche. Sie stellt in einer Teekanne Wasser auf und füllt zwei Tassen mit Filterkaffee: *Jacobs Monarch.*
„In Jugoslawien heißt der Kaffee *Republik*", behauptet Lund.
Er beordert sie ins Bad, füllt selber die Wanne bis zur Hälfte mit Wasser und mißt die Temperatur mit dem Badethermometer. Sie steckt sich die Haare hoch und steigt vor ihm in die Wanne. Lund nimmt auf dem Gummistoppel Platz, der Sicherheitsabfluß drückt sich gegen seinen Rücken. Wie rücksichtsvoll, denkt sie. Er will seine Beine zwischen ihre Beine schieben. Sie preßt die Beine fest aneinander. Sie beginnt sich zu waschen. Er seift ihr den Rücken ein, legt die Seife weg und zieht sie zu sich. Sie behält die Augen offen und preßt auch die Lippen zusammen. Er läßt sie wieder auf ihren Platz in der Wanne.
„Sie finden das vielleicht romantisch. Ich nicht."
Er dreht ihr den Rücken zu, läßt sich einseifen.
„Darf ich aussteigen?" fragt Erna Kovarik, als sie den Schaum von ihrer Haut gespült hat.
Er nickt, während er mit der Seife seine Achseln bearbeitet. Sie nimmt das Badetuch vom Haken, trocknet sich ab, geht ins Vorzimmer, öffnet einen Kasten und legt Lund ein Handtuch (weiße Herzen auf rotem Frottee) über die Waschmuschel. Auf der weißen Tapete im Klo befinden sich rote Herzen. Sie putzt sich die Zähne, bevor sie das Badezimmer verläßt. Er hört sie ins Schlafzimmer gehen.
Sie dreht gleich wieder um, bewegt sich vorsichtig zum Telefon im Vorraum, hebt ab. Lund kommt nicht besonders schnell, aber noch naß aus dem Bad.

„Wen haben Sie anrufen wollen?"
„Ich weiß es nicht. Tut mir leid."
Schon bevor sie festgestellt hatte, daß die Leitung unterbrochen ist, war sie unsicher, ob sie wirklich die Polizei anwählen sollte. Was läßt sich die Polizei in so einer Situation einfallen, hat sie überlegt. Nehmen die überhaupt auf sie Rücksicht, wenn etwa ihr aufdringlicher Besucher besonders intensiv gesucht wird?
„Das Leben ist schwer genug", sagt er ärgerlich, nimmt ihr den Hörer aus der Hand und legt ihn auf die Gabel. „Es ist noch schwerer, wenn man blöd ist."
„Philosophisch", stimmt sie ihm zu. Er scheint ihren Versuch doch gelassen hinzunehmen. Sicherheitshalber tritt sie einen Schritt zurück. Lund versetzt ihr zwei schallende Ohrfeigen mit der verkehrten Hand. Sie heult los, flüchtet ins Bett.
„Tut mir leid", sagt er, obwohl sie das bestimmt nicht mehr hören kann. Im Bad rasiert er sich mit dem Naßautomaten aus seiner Reisetasche und vergißt auch nicht eine Portion Rasierwasser hinterher.
Er löscht das Licht im Schlafzimmer, bevor er auf der rechten Seite von ihr ins Bett steigt. Die Abschlußwände des Bettes sind aus Bambusrohr. Die Katze hat er auf dem Gang gelassen: nicht gerade Corinnas Lieblingsplatz. Das Bett ist Lund viel zu weich.
Erna Kovarik schluchzt noch immer. Die beiden Schläge haben die über Stunden in ihr aufgestauten Angst- und Haßgefühle entladen. Ihr Polster ist naß geweint, bemerkt Lund. Er schiebt einen Arm unter ihren Nacken und dreht sie auf den Rücken. Wie ein Kind seiner Puppe Bewegungen aufzwingt, findet sie. Mit der rechten Hand zeichnet er unbestimmte Figuren auf ihren Bauch. Das kann er lang machen, glaubt sie. Er kommt schließlich unter die Tuchent, leckt an ihren Brüsten, bevor er sich mit dem Kopf zwischen ihre Beine drängt. Sie will ihn zurückhalten, hat nicht genug Kraft dazu, weil sie ihre Fingernägel nicht einzusetzen wagt.

Der Unbekannte ist der erste Mann, der das bei ihr versucht. Ihr Installateur-Mann hat es für pervers gehalten, die wenigen nachfolgenden Bekanntschaften konnten sich nicht dazu entschließen. Er muß das oft gemacht haben, nimmt sie an, denn die Bewegungen seiner Zunge beginnen zu wirken. Sie hält sich den Polster gegen das Gesicht, versucht sich immer wieder wegzudrehen, beißt in den Polster. Er drückt mit den Händen ihre Oberschenkel gegen die Matratzen. Er erreicht, was er vorgehabt hat: Sie kommt ihm nicht aus, wimmert, schreit, daß er aufhören soll. Angenehm war es bestimmt nicht, denkt sie, als er den Griff lockert. Sie zieht die Beine an. Zu weinen hat sie aufgehört.
Lund kommt wieder hoch, dreht sie zur Seite und hebt ihr rechtes Bein etwas hoch. Jetzt spürt sie gar nichts mehr, nur seine langsamen, gleichmäßigen Bewegungen. Sie ist fast froh über diese Veränderung. Auf keinen Fall will sie ihn in Wut bringen und überlegt kurz, ob sie ihm etwas vorschwindeln soll. Als sie sich dafür entschieden hat, hält er ihr die rechte Hand gegen den Mund. Er beeilt sich nicht, bleibt bei seinen Bewegungen stur wie ein Metronom. Zuletzt umfaßt er mit beiden Händen ihren Hintern.
Als er fertig ist, sagt er: „so“ und zieht sich nach einer weiteren Minute aus ihr zurück. Er hat die ganze Zeit keinen Laut von sich gegeben, nur immer wieder lang den Atem angehalten.
„Schauen Sie zu mir“, sagt er.
Sie dreht sich zu ihm, liegt mit der rechten Wange auf seinem Oberarm und der Schulter. Sie ist schläfrig, obwohl sie aufgeregt sein müßte. Nicht einmal der Bohnenkaffee von vorhin wirkt. Lund betrachtet die Lichtflecken an der Decke. Ein Fleck sieht aus wie ein Colt.
Das Bett ist für zwei zum Schlafen recht unbequem. (Das Ehebett hat Erna Kovarik noch am gleichen Tag, an dem das Scheidungsurteil Rechtskraft erlangte, abholen lassen.) Andererseits wird Lund auf jeden Fall durch jede ihrer Bewegungen während der Nacht aufwachen. Sie wird ihn, falls sie

etwas vorhat, nicht überraschen können. Sie ist wirklich beim Einschlafen, spürt er. Zuerst zuckt sie mit einem Bein, dann mit dem ganzen Körper. Keine üble Situation, urteilt Lund, für einen Tag, an dem er beinahe für immer ins Gefängnis geraten wäre.

Bevor Erna Kovarik am Morgen (nach sechs) richtig wach ist, fällt Lund noch einmal über sie her. Sie hat die Augen offen und beobachtet ihn. Um sieben Uhr rasselt der Wekker.

„Ich muß weg", erklärt sie und richtet sich im Bett auf. „In die Arbeit."

„Heute haben Sie frei", sagt Lund gönnerhaft, der bereits aufrecht im Bett gesessen ist und eine unangezündete Zigarette im Mund hat. Er will sehen, wann der Pyromane in ihm die Oberhand behält.

„Ich verliere die Stelle."

„Na gut. Rufen Sie eben an, melden Sie sich krank."

„Das Telefon ist kaputt."

„Von der Telefonzelle aus können Sie das ebensogut erledigen."

„Kommen Sie mit?" Ihr Gesicht ist verdrückt.

„Ich warte hier."

Sie kann sich beim besten Willen nicht vorstellen, daß er plötzlich jede Vorsicht vergißt und sie aus der Wohnung läßt. Die Socken hat sie die ganze Nacht über angehabt.

Sie wäscht sich über der Waschmuschel, er über der Badewanne, die noch den Schmutzrand von gestern aufweist. Die Katze bekommt frische Leber aus dem Eiskasten in einer Schüssel. Lund nimmt das zerlegte Gewehr aus seiner Reisetasche, setzt es beim Wohnzimmertisch zusammen.

„Wollen Sie aus meiner Wohnung auf jemand schießen?" will Erna Kovarik wissen. Sie steigt heute nur in ihre Töffler, die sie etwas größer erscheinen lassen.

„Nein. Gehen Sie noch nicht?“
„Wer garantiert Ihnen, daß ich wiederkomme?“
„Ich kann Sie von der Haustür bis zum Fernsprecher sehen. Sie werden zurückkommen.“ Er hält das zusammengestellte Gewehr in ihre Richtung.
„Ich gehe schon.“
„Außerdem haben Sie die Geisel vergessen.“
Lund berührt mit dem Gewehr beinahe den Kopf der Katze, die plötzlich noch kleiner aussieht. Die Katze hat ihre Leber bereits verzehrt und streift mit der Schnauze zweimal den Gewehrlauf, der auf sie gerichtet ist.
„Läuten Sie nirgends im Haus an“, gibt er Erna Kovarik als Rat mit auf den Weg. „Das kann ich hören. Wenn Sie nicht in dreißig Sekunden vor dem Haus auftauchen, ist die Katze tot.“
Lund sperrt ihr die Wohnungstür auf, hört ihre Schritte zum Lift, während er die Katze zurückhält, die ihrer Besitzerin folgen wollte. Danach postiert er sich im Schlafzimmer beim Fenster. Den blauen Vorhang schiebt er auf die Seite. Von draußen kann ihn wegen des gebliebenen Spitzenvorhangs bestimmt niemand erkennen. Die Katze streicht jetzt um seine Füße.
Erna Kovarik verläßt das Haus, sie nimmt den kürzesten Weg zum öffentlichen Fernsprecher, der sich neben dem zur Zeit leeren Kinderspielplatz befindet. Sie dreht sich kein einziges Mal um. Das Gewehr ist anschlagbereit. Er beobachtet sie durch das aufgesetzte Zielfernglas. In der Telefonzelle kann er sie nur von hinten betrachten. Er zielt zwischen ihre Schulterblätter. Nach nicht einmal vier Minuten ist sie wieder da.
„Was sagt die Firma?“ erkundigt sich Lund.
„Alles in Ordnung. Ich habe Angina.“
Lund steht mit dem Gewehr im Vorzimmer. Sie weiß, was kommt: die Wiederholung der Strip Tease-Vorstellung von gestern. Heute will er, daß sie sich nur oben freimacht und aus der Unterhose steigt. Den Faltenrock darf sie anlassen.

Dieses Gefühl, sie ständig in Reichweite, ständig zu seiner Verfügung zu haben, findet er aufregend. Erna Kovarik fügt sich, aber ihre Verachtung ist nicht kleiner geworden. Auf der heutigen Unterhose steht Tuesday. Sie bleibt hartnäckig um zwei Tage zurück.
Um acht Uhr fünf läutet es an der Wohnungstür.
„Wer ist das?" fragt Lund.
„Vielleicht der Briefträger." Sie zieht rasch den Morgenrock über, der auf einem Kleiderhaken an der Außenseite des Vorzimmerkastens hängt. Der Kleiderhaken fällt auf den Boden. Für Lund klingt das Geräusch dabei wie Poltern.
„Sie werden nicht aufmachen."
„Der kann mich gesehen haben", warnt sie, „als ich telefoniert habe."
„Ich bleibe hinter der angelehnten Tür im Wohnzimmer", gibt Lund nach. „Mit dem Gewehr. Nehmen Sie ihre Post in Empfang, unterschreiben Sie, falls das notwendig ist, aber halten Sie den Mann nicht auf."
Beim dritten Klingeln öffnet sie. Es ist ein Mann vom Telefondienst, der die mehrfach gemeldete Störung beheben will. Er stellt seine Arzttasche neben das Telefon. Den Schnitt im Kabel findet er schon nach wenigen Sekunden. Er schaut Erna Kovarik vorwurfsvoll an, die sich auf die Katze ausredet.
„Kräftiges Biest", meint er und wechselt das Zuleitungskabel aus: eine Arbeit, die er bald erledigt hat.
„Was kostet das?"
„Nichts. Den Preis finden Sie auf der nächsten Telefonrechnung."
Beim Eintreten ist ihm ihre leichte Bekleidung gleich aufgefallen. Er will das Vorzimmer nicht verlassen.
„Ich muß der Verrechungsstelle nicht unbedingt die Reparatur melden", sagt er und stößt mit zwei anzüglichen Bemerkungen nach. Erna Kovarik zeigt auf die Schuhe Lunds, die unter der Kleiderablage stehen. Lächerlich, ist ihr erster

Gedanke, daß sie sich gegen die beginnenden Aufdringlichkeiten mit einem Hinweis auf den Mann wehren muß, der sie seit gestern terrorisiert.
„Mein Mann ist zu Hause", erklärt sie.
Lund hat die Situation erfaßt und beginnt im Wohnzimmer zu pfeifen. Jetzt hat es der Telefonmann eilig. Bevor Lund ins Vorzimmer treten kann, hat sie den Morgenrock wieder ausgezogen.
„Schnell begriffen", lobt Lund. „Bedanken wollen Sie sich nicht?"
„Bestimmt nicht. Hätten Sie zuschauen wollen?"
Er schickt sie zum Einkaufen weg. Für das Mittagessen bestellt er sich einen Bauernschmaus. Zeitungen soll sie ebenfalls mitbringen.
Während ihrer Abwesenheit überprüft er die Utensilien, die zu seiner vorübergehenden Veränderung notwendig sein werden. Er wird die Reise in den Westen Österreichs mit fast schwarzen Haaren und dementsprechendem Bart antreten. Das Foto im Paß ist auf diese Veränderung vorbereitet.
Als Erna Kovarik zurück ist, weiß sie Bescheid. Sie hat die Artikel in den Zeitungen gelesen, die en face- und Profilfotos gesehen. Lund studiert den Bericht über *seine* Fahndung.
„Warum verschwinden Sie nicht?" fragt Erna Kovarik.
„Sie sind verrückt. Da draußen rennt jeder zweite mit einer Zeitung in der Hand durch die Gegend und hält nach mir Ausschau."
„Sie können nicht ewig hier herumsitzen."
„Habe ich nicht vor."
„Wie lang, glauben Sie, halte ich das aus?"
„Stellen Sie sich nicht an."
Beim nächsten Stop am Schlafzimmerfenster sind die auffällig vielen unauffälligen Herren im Freien nicht zu übersehen. Er zerrt sie zum Fenster.
„Was haben Sie gemacht?"
„Nichts", verteidigt sie sich.

Nur wenig später ist Lund beruhigt. Die Hochhausanlage wird umstellt. Wahrscheinlich hat sich der Briefträger an sein Gesicht erinnert. Jetzt kommen auch uniformierte Polizisten dazu. Zwei Männer in Übergangsmänteln und dreiekkigen Hüten verlassen das Hochhaus. Gleich darauf betreten es ein paar andere in kugelsicheren Westen. Ihre Köpfe sind ohne Schutz. Er würde sie nicht verfehlen, ist Lund sicher, wenn er dieses Aufgebot noch in der kleinen Wohnung drüben empfangen müßte. Als er Schüsse im Hochhaus hört, schmunzelt er.

18

Kottan betritt kurz nach sieben sein Büro. Schremser hat im Nebenzimmer mit dem Kopf auf seinem Schreibtisch geschlafen und dabei zwei Schnellhefter als Kopfpolster verwendet. Der Bundespräsident an der Wand hat die ganze Nacht kein Auge zugemacht. Beim Eintreten Kottans wacht Schremser auf und taumelt ins Büro des Vorgesetzten. Er rollt den Kopf, weil er Schmerzen im Nacken hat.
„Wie war die Nacht?"
„Nicht aufregend", berichtet Schremser gähnend. „Die Hinweise blieben überschaubar. Ließen sich praktisch alle über Code durch Funkstreifen überprüfen. Ich habe das Zimmer nicht verlassen müssen, habe sogar Zeit zum Lesen gehabt."
Kottan ist bekannt, daß sich Schremser hin und wieder lateinische Texte im Original vornimmt; bevorzugt Catull, Ovid und Sallust.
„Ein paar haben allerdings Polizei gespielt", setzt Schremser fort.
„War leider zu erwarten."
Ein schwedischer Torhüter ist attackiert worden, wobei er Gesichtsverletzungen und einen Armbruch davongetragen hat. Der Schwede ist gestern nach Wien gekommen, um bei

der *Austria* ein Probetraining zu absolvieren. Die Täter sind flüchtig. Im 16. Bezirk hat ein Konditor einen Jugoslawen angeschossen, weil er den gesuchten Killer vor sich zu sehen glaubte. Der Jugoslawe weist keine Ähnlichkeit mit Lund auf.

„In den letzten Stunden war überhaupt nichts mehr los", beschließt Schremser seinen Bericht. Er nimmt Kottan die mitgebrachten Zeitungen ab. Auf den ersten Seiten gibt es keine Meldungen außer vom *internationalen Mörder in Wien*. Nur ein paar kleine Anzeigen ließen sich nicht von den Titelseiten verdrängen.

Schrammel, der heute auch früher kommt, wirft zuerst einen Blick auf die Sportseite. Das Ergebnis des Europacupspiels ist allerdings deprimierend.

Eine ganz andere Meldung hat es Schremser angetan, der sie nicht für sich behalten kann: Ein amerikanischer Sheriff hat ein UFO gesehen und angeblich mit dem Revolver abgeschossen.

„Ufo?" sagt Schrammel.

„Ein unbekanntes Flugobjekt", erklärt Schremser. „Der war besoffen. Dagegen ist unser Pilch direkt gold."

„Stimmt", bestätigt Kottan. „Der hat es auf höchst realistische Flugobjekte abgesehen."

Schließlich kommt die erste vielversprechende Meldung in der Lund-Fahndung. Ein Aushilfsbriefträger im 22. Bezirk gibt an, gestern in der Früh Lund in einem Hochhaus begegnet zu sein. Er kann sich sogar an die Stiege erinnern. Nach Durchsicht der Wohnungsliste kommt nur eine Garconniere im zweiten Stock in Frage. Sie ist vor Wochen gemietet und im voraus bezahlt worden.

Die notwendige Aktion wird eine Spezialtruppe übernehmen, die für solche Fälle theoretisch und praktisch vorbereitet ist. Der Leiter dieser Spezialeinheit heißt Wilfried Muchitsch. Schremser hat ihn aus der gemeinsamen Zeit beim *Raub* nicht in bester Erinnerung: rechthaberisch und eingebildet. Kottan und Schremser werden an der Aktion, die die

Festnahme Lunds zum Ziel hat, nur am Rande teilnehmen. Die Verantwortlichkeit liegt völlig bei Major Muchitsch, der keine besonderen Probleme entdecken kann.
„Für jede Eventualität ist in den letzten Monaten ein detaillierter Plan ausgearbeitet worden“, belehrt Muchitsch die Beamten vom Morddezernat. „Im vorliegenden Fall gilt Plan vier. Zuerst werden wir die benachbarten Wohnungen räumen. Auch die einen Stock höher und einen Stock tiefer gelegenen. Dann wird angeläutet. Da nicht anzunehmen ist, daß dieser Lund freiwillig öffnen wird, brechen wir die Tür auf und stellen ihn.“
So einfach ist das, behält Kottan für sich. Kein sensationeller Plan, den Muchitsch mit herausgestreckter Brust vorträgt.
„Die Zustimmung der Hausverwaltung wurde bereits eingeholt“, verkündet Muchitsch, der dem ersten Auftritt seiner Einheit tatendurstig und erwartungsvoll entgegensieht. „Von mir aus kann es losgehen. Bis zur Räumung der Wohnungen werden nur Zivilbeamte das Hochhaus umstellen.“
Das findet Kottan vernünftig.
Um acht Uhr 50 ist es so weit. Die Wohnungen sind geräumt. Das hat keine erheblichen Schwierigkeiten verursacht, weil die meisten Mieter ihre Wohnungen ohnehin in der Früh verlassen haben. Die Spezialeinheit, die zwei Überfallkommandowagen füllt, kann aus der Bereitschaft anrücken. Muchitsch hat sie selbst mit Hilfe eines kleinen Sprechfunkgeräts in Bewegung gesetzt. Kottan und Schremser ergänzen in sicherer Entfernung beim Dienstwagen das Kontingent der Zivilbeamten.
Mit seinem Assistent Mörtl begibt sich Muchitsch zur Wohnungstür im zweiten Stock und läutet an. Sie warten links und rechts neben der Tür ab, falls Lund mit Schüssen durch die Tür antworten würde. Muchitsch hat das erst kürzlich in einem italienischen Western gesehen. Die Tür wird wie angenommen nicht geöffnet. Muchitsch ist sicher, im Wohnungsinneren Schritte gehört zu haben.
„Er muß drinnen sein“, gibt er auch gleich darauf über Funk

bekannt. Er gesellt sich zu den Beamten, die das Haus umstellen, bleibt mit einem Megaphon, das er nicht verwendet, hinter einem der Ahornbäume. Kottan kann ihn vom Auto aus beobachten. Muchitsch hat kurzgeschnittene Haare, ist durchschnittlich groß und hat blutunterlaufene Augen. Die Krawatte steckt er ins Hemd.
Drei Männer sollen in die Wohnung vordringen, vier weitere bleiben im Stiegenhaus. Wolfgang Muckenhuber ist der erste. Das Eintreten der Tür gelingt auf Anhieb, beim nächsten Schritt stolpert er über den von Lund extra da im Vorzimmer placierten Koffer und stürzt zu Boden. Peter Nemecek, der als nächster kommt, stürmt über den am Boden liegenden Kollegen ins Zimmer rechts und fällt über den anderen Koffer. Beim Sturz löst sich ein Schuß aus der Dienstwaffe, der seinen Weg durch das großflächige Fenster ins Freie findet.
Ein Polizist hinter den Fliedersträuchen fühlt sich betroffen und erwidert das Feuer aus seiner MP. Nur knapp entgeht Nemecek in der Garconniere zwei Kugeln, die von den Wänden abprallen. Eine Kugel bleibt in der umgehängten *Weste* stecken.
Auf einer Nebenfahrbahn waren zwei patrouillierende Funkstreifenautos unterwegs. Beim ersten Schuß wurde der vordere Wagen jäh gebremst, der zweite ist heftig aufgefahren. Den Fahrern ist nichts passiert, die Autos sind schwer verletzt.
„Idioten!" schreit Muchitsch durch das Megaphon und wirft seinen Hut in den Rasen.
Der dritte vorgesehene Eindringling öffnet in der Küche das Fenster und gibt eines der verabredeten Zeichen: Lund ist nicht da. Kottan geht jetzt mit Schremser auf das Haus zu. Wenn Muchitsch Glück hat, wird seine nicht eben beispielgebende Aktion mit der Anordnung *Nicht für die Öffentlichkeit bestimmt* versehen.
Schremser und Kottan inspizieren die Kleinwohnung. Zwei Pässe, die Lund benützt hat, können sichergestellt werden.

Einer lautet auf den Namen Schroth. Im Fach über dem Bett liegt ein Taschenbuch: *Der Fremde.* Es beginnt mit den Worten: *Heute ist Mama gestorben.* In den zurückgelassenen Kleidungsstücken findet sich nicht der geringste Hinweis. Schremser stochert mit einer Krücke hinter eine lockere Sesselleiste an der Wand, bückt sich und entdeckt eine Fotografie: Erwin Haumer als Besucher eines Fußballspiels. Das Bild ist Lund gestern aus der Mappe gerutscht, die er eilig in die Reisetasche gepackt hat.
„Haumer hat ihn also doch engagiert", glaubt Schremser, der die Fotografie nur an den Kanten berührt.
„Möglich", sagt Kottan.
Er findet die (sich ständig etwas erweiternde) Gedankenkette unlogisch und sinnlos: Haumer besorgt das Auto, in dem er umgebracht wird, er besorgt auch die Waffe und dingt einen professionellen Mörder, der den Schuß abgibt? Warum, zum Kuckuck?

19

Schrammel, der im Büro zurückgeblieben ist, strahlt unübersehbar. Er hat auf Anordnung Kottans mit dem Finanzamt telefoniert.
„Dem Uhrmacher gehören verschiedene Häuser in mehreren Wiener Bezirken", erzählt er. „Es sind zum Teil tadellose Häuser, aber auch Abbruchobjekte darunter."
„Und warum grinst du wie ein Hutschpferd?" will Kottan wissen.
„Zwei Häuser gehören ihm mit Alfons Stoiber gemeinsam", sagt Schrammel.
„Den hat er gestern noch gar nicht gekannt."
„Ein peinlicher Kurzschluß", gibt ihm Kottan recht.

Kottan läßt sich vom Kellner und der kämpferischen Sekretärin nicht bremsen. Jakob Uhrmacher ist am Schreibtisch gesessen, hat die Zeitungen durchgesehen und offenbar beim Polizeifunk mitgehört, stellt Kottan fest, als er in Uhrmachers Büro-Wohnzimmer tritt. Durch den Lärm, den die Überwindung des Personals verursacht hat, ist Uhrmacher gewarnt worden. Die Kenntnis der einzelnen Codes, die von der Polizei verwendet werden, will Kottan ihm nicht zutrauen.

„Wir hatten noch nicht das Vergnügen", sagt Uhrmacher, der zwischen der abgeschalteten Funkanlage und dem Schreibtisch steht.

„Wird auch keines", erwidert Kottan. Er weiß genau, daß Dr. Suhrada in der Leichenhalle vor ein paar Tagen den gleichen unsinnigen Satz als Einleitung gebraucht hat. Kottan nimmt automatisch den Ausweis aus der Stecktuchtasche.

„Ist Ihr Chef heute nicht mitgekommen?" wundert sich Uhrmacher, der schon zu den Ledersitzen zeigt.

„Ich bin der Chef."

„Aha. Haben Sie nichts Wichtigeres zu tun?"

Uhrmacher deutet auf den Bericht über Lund in der Zeitung seiner Wahl. Kottan nimmt Platz, überhört den Einwand. Er hat sich keine Umwege überlegt.

„Sie besitzen mit dem Stoiber gemeinsam zwei Häuser."

„Stört Sie das?" meint Uhrmacher lässig.

„Gestern haben Sie meinem Assistenten die Frage, ob Sie den Stoiber kennen, mit nein beantwortet."

„Da muß er den Namen undeutlich ausgesprochen haben", sagt Uhrmacher seelenruhig. „Wollen Sie ein Bonbon?" Er hält dem Kriminalbeamten ein raschelndes Päckchen hin.

„Nein."

So leicht steckt der das weg, muß Kottan merken, der mit Optimismus angekommen ist. Uhrmacher muß gestern noch aufgefallen sein, daß er in bezug auf Stoiber einen Fehler gemacht hat.

„Stoiber wird heute zurückerwartet", redet Kottan weiter, dem es plötzlich an Fragen mangelt.

„Ganz recht."

Kottan ist völlig durcheinander, will sich mit Zynismus über seine Schwäche schwindeln.
„Sie haben schon die ersten Fürsprecher gefunden, die uns Ihretwegen in die Ermittlungen pfuschen wollen."
„Das ist nett", sagt Uhrmacher. „Der Fritz muß das gewesen sein. Der ist mit mir in der Schule in einer Bank gesessen. Der macht sich halt Sorgen."
Eselsbank, denkt Kottan.
„Warum hat Sie der Haumer erpreßt?"
„Niemand hat mich erpreßt. Reden Sie kein Blech."
„ Wie ist das mit den Häusern, die Ihnen mit dem Stoiber gehören? Wie ist es zu den gemeinsamen Käufen gekommen?"
„Der Alfons ist erst seit kurzem an Realitäten interessiert. Er hat sich an mich gewendet, weil ich da schon lang aktiv bin. Einen Riecher muß man bei dem Geschäft schon haben."
„Wozu?"
„Man kann nicht irgendein Haus oder irgendein Grundstück kaufen. Man muß ahnen, wo zum Beispiel eine Grundstücksumwidmung durch die Gemeinde kurzfristig möglich ist."
„Und wenn den Riecher gar nicht Sie haben?" unterbricht ihn Kottan.
„Ich verstehe nicht."
„Wenn es nur der Riecher dieses *Fritz* ist?"
„Sie phantasieren."
„Der weiß natürlich früher Bescheid."
„Nehmen Sie das zurück." Uhrmacher ist energischer und laut geworden. Kottan macht sich nichts vor: So ein Zusammenspiel würde sich kaum beweisen lassen.
„Ich nehme es zurück", sagt Kottan.

In einer Imbißstube, die sich *„Zum gierigen Geier"* nennt, trinkt Kottan ein kleines, offenes Bier. Das Imbißlokal ist winzig: eigentlich eine Likörstube. Wenn mehr als fünf Per-

sonen im Lokal sind, kann man sich nicht mehr bewegen. Jetzt ist außer einem dösenden Alten mit Stirnfransen und Vollbart, der im Schlaf sein Weinglas streichelt, niemand da.
Kottan bleibt bei der kurzen Theke stehen. Der Pächter, der selber ausschenkt, fordert Kottan zu einer Partie mit den Pokerwürfeln auf. Wenn der Wirt verliert, ist Kottans Bier kostenlos, gewinnt der Wirt, muß Kottan ein zweites Bier trinken und beide bezahlen. Kottan willigt ein. Er gewinnt mit einem Damen-Drilling, während beim Wirt die erwartete *Straße* ausbleibt, obwohl er doppelte Chancen hatte. Kottan nimmt dann doch ein zweites Bier, das ihm fast zu kalt ist. Er trinkt das Glas nicht leer.
Die Frau des Pächters schreibt auf die grüne Tafel einer Bierbrauerei vor dem Lokal mit Kreide das Menü-Angebot von heute. Es riecht auch wie bei einer Schultafel, findet Kottan. Er geht einmal um den Häuserblock, bevor er ins Auto steigt. Der Ärger über das Gespräch mit Jakob Uhrmacher ist halbwegs weggeschwemmt.

Hermes berichtet, daß Schrammel und Schremser vor einer halben Stunde zum Handelskai aufgebrochen sind. Kottan überlegt, ob er den beiden hinterherfahren soll. Er entschließt sich zum Gegenmittel für das vorher getrunkene Bier: ein Kaffee im Papierbecher aus dem Automat. Kottan verhilft auch einer Reinigungsfrau, die nicht weiß, mit welchem Fußtritt sich der Automat beeindrucken läßt, zu einer Flasche Fanta. Pilch, der vorbeikommt, kann über so viel Brutalität nur den Kopf schütteln.
Schremser und Schrammel lassen nicht lange auf sich warten. Sie haben den mutmaßlichen Schießstand besichtigt: ein altes, unbenütztes Stellwerkhäuschen auf dem Bahngelände neben dem Handelskai. Von da aus ist ziemlich sicher auf Haumer geschossen worden. Das Häuschen war seit der Nichtverwendung ständig versperrt und ist am Montag von den suchenden Polizisten nicht beachtet worden, *weil* es

versperrt war. Ein Gleisarbeiter hat in der Früh eine zerbrochene Scheibe entdeckt, einem zweiten ist aufgefallen, daß die Scheibe von innen eingeschlagen wurde. Die Scherben lagen im eben durch den Sand sprießenden Unkraut. Ein Vorgesetzter der beiden hat daraufhin die Tür geöffnet und die Polizei verständigt.
Der Erkennungsdienst bekommt es mit einer Patronenhülse, einem Campingsessel und einer geöffneten Sardinenbüchse zu tun. Der Inhalt der Dose ist zum Teil verzehrt worden, zum anderen Teil verfault.
„Das ist die richtige Hülse", ist Schremser schon vorm Ergebnis der Untersuchung überzeugt.
„Ist die Tür nicht aufgebrochen worden?" fragt Kottan.
„Es war kein widerspenstiges Schloß."
Schremser behält recht. Die Patronenhülse paßt zur Kugel, die im Kopf des Erschossenen gefunden worden ist. Das zweite Ergebnis kommt unerwartet: Auf der Fischdose sind Fingerabdrücke von Erwin Haumer. Schremser schleudert die rechte Krücke auf den Boden.
„Der geht mir auf die Nerven!" macht er sich Luft. „Soll der Haumer jetzt auf sich selber geschossen haben?"
Schrammel hebt die Krücke auf, Schremser nimmt sie mit einer geschwinden Bewegung an sich.
„Wieso?" sagt Schrammel. „Das beweist nur, daß Haumer dort war. Kann ja auch früher gewesen sein. Er hat eben den besten Standort zum Schießen ausgesucht."
„Für Lund?"
Schrammel hat drei komplette Sätze von sich gegeben: fast ein Monolog. Schremser würdigt diese Ausnahme mit einem anerkennenden Pfiff.
„Außerdem kann die Dose auch ein anderer hingestellt haben", setzt Schrammel fort. Zumindest diese Möglichkeit wird nach nur fünf Minuten vom Erkennungsdienst ausgeschlossen. Auf dem Fensterrahmen im Stellwerkhäuschen hat Haumer ebenfalls Abdrücke zurückgelassen.
„Ich glaube ganz was anderes", sagt Kottan.

„Ja?“ Schrammel findet seine Gedankengänge abrupt unterbrochen.
„Der Haumer hat selber geschossen.“
Kottan wählt die Telefonnummer von Dr. Suhrada im Haus. Der Arzt ist nur schwer zu verstehen. Die Verbindungen im Haus sind oft schlechter als bei Auslandsgesprächen.
„Ist die Leiche noch da?“
„Bis um zwei. Dann wird sie abgeholt.“
„Schwein gehabt“, sagt Kottan zu Schremser und Schrammel, die ihn verständnislos betrachten.

Pilch kommt mit in den Keller. Schremser hat ihn auf Anweisung Kottans von der Dringlichkeit überzeugt, obwohl er selbst noch nicht weiß, was so dringlich sein soll. Im Papierkorb des Dezernatsleiters liegt die geknickte Haarspraydose.
Kottan und Schrammel stehen bereits bei Dr. Suhrada. Der Arzt hält ein graurotes Fleischklümpchen mit einem zangenähnlichen Instrument.
„Was ist das?“ ärgert sich Pilch, der das Klümpchen nur unappetitlich findet.
„Die rechte Tonsille des Erschossenen“, sagt der Arzt. „Fast unversehrt.“
„Was?“
„Eine Rachen-oder Gaumenmandel“, erklärt Dr. Suhrada, „auch nur Mandel genannt. Normale Größe, nicht vereitert, wie sie selber feststellen können.“
Pilch schluckt und schaut Kottan an.
„Erwin Haumer hat sich vor zehn Jahren seine Mandeln herausschneiden lassen. Der Tote kann also auf keinen Fall Haumer sein.“
„Kruzitürken. Wer ist es dann?“
„Ein anderer“, sagt Kottan ganz selbstverständlich. Er macht schwungvoll kehrt und geht zur Tür.
„Genügt Ihnen die eine?“ ruft ihm Dr. Suhrada nach und wedelt mit seiner Zange.

Kottan kaut an seinem linken Daumennagel. Die Spekulationen reißen nicht ab. Haumer hat anscheinend den Eindruck erwecken wollen, selbst erschossen worden zu sein. Zumindest bei ein paar Leuten. Er hat fast alles bedacht. Nur die Fingerabdrücke und die Patronenhülse im Stellwerkhäuschen kommen Kottan unverzeihlich leichtfertig vor. Vielleicht hat sich Haumer aus irgendeinem Grund zu besonderer Eile entschließen müssen. Kottan ist jetzt absolut sicher: Haumer war der Schütze. Wie hat er aber sein Opfer in das gestohlene Auto gebracht? Bewußtlos, ist sein erster Gedanke, mit dem er keinesfalls richtig liegen kann. Das Opfer ist ja noch gefahren. Über eine Fernsteuerung wird das Auto wohl nicht verfügt haben. Schremser hat eine Stelle im gestern fertig gewordenen, umfangreichen Bericht über den Unfallwagen gefunden, die sie bisher übersehen haben wie Kleingedrucktes. Unter dem Armaturenbrett wurde ein Kanister entdeckt, der beim Aufprall zerplatzt ist. Der könnte von Haumer an diesem (für Reservebenzin nicht eben idealen Platz) montiert worden sein, um den Brand nach dem Zusammenstoß sicherzustellen.
Wenn das Foto Haumers in der Garconniere von Lund verloren wurde, was als sicher gelten kann, mußte das bedeuten: Lund wurde von jemand anderem beauftragt, Haumer zu ermorden. Haumer könnte gemerkt haben, was ihm blüht und hat sich selbst sterben lassen, indem er einen anderen erschossen hat. Wen? versucht Kottan mit geschlossenen Augen zu überlegen. Alfons Stoiber fällt ihm ein. Der muß nicht in Griechenland gewesen sein. Kottan sucht die Nummer Stoibers aus seinem Kalender und ruft an. Eine Frau meldet sich. Sie sagt: „Ja, Stoiber."
„Ist der Herr Stoiber aus Griechenland zurück?"
„Eben angekommen."
„Kann ich mich darauf verlassen?"
„Ich war schließlich mit. Wer spricht denn?"
„Sie sind seine Frau?"
„Immer schon."

„Vielen Dank."
Schremser ißt heute aus einer kleinen Preßglasschüssel nur ein Kompott: Südseefrüchte in kantigen Stücken aus der Dose.
„Ich nehme ab", behauptet er.
„Geheim?" fragt Kottan.
Schrammel darf kosten.
„Gut", meint er und nimmt einen zweiten Bissen. „Wie heißen die?"
„Guano", sagt Schremser.
Schrammel nickt und kümmert sich im Nebenraum um die Überprüfung der Vermißtenanzeigen dieser Woche. Schremser wäscht die Schüssel aus, trocknet sie ab und steckt sie in seine Aktentasche.
„Kommst du mit?" sagt Kottan.
„Gern. Wohin?"
„Einem Zahnarzt auf den Zahn fühlen."
Als Kottan die Türschnalle schon in der Hand hat, fällt ihm ein zusätzlicher Auftrag für Schrammel ein.
„Ruf den Pellinger an!" schreit er ins Nebenzimmer. „Erzähl ihm ohne Ausschmückungen, daß der Haumer nicht tot ist."
„Der Pellinger wird die Nachricht schnellstens dem Uhrmacher und dem Stoiber stecken", sagt Schremser.
„Eben", entgegnet Kottan. „Vielleicht bringen wir sie so ein bißchen zum Rotieren."

Die Tür zum Wartezimmer bei Dr. Peyerl ist verschlossen. Schremer trifft, ohne mehrere Versuche zu benötigen, mit der rechten Krücke den Klingelknopf. Die beiden Beamten vernehmen schlurfende Schritte durch das Wartezimmer, bevor die Tür geöffnet wird: nur einen Spalt. Der Kopf von Dr. Peyerl kommt zum Vorschein.
„Die Ordination ist aus", stellt Dr. Peyerl fest, zieht den Kopf zurück und will die Tür zuwerfen. Schremser fährt im letzten Moment mit der Krücke dazwischen.

„Lassen Sie das!" wird der Arzt ärgerlich. Er grölt schon fast. „Die Ordination ist aus!"
„Ich bin von der Polizei", sagt Kottan. „Können Sie sich an mich nicht mehr erinnern?"
„Richtig", dämmert es Dr. Peyerl. „Sie kommen wegen der verpfuschten Plombe. Sehr vernünftig. Die kann ich heute nicht mehr machen."
Das haben Kottan und Schremser auch begriffen. Dr. Peyerl ist betrunken. Er riecht nach Brandy.
„Ein leichter Rausch", flüstert Schremser Kottan zu. „Delirium clemens, wie der Lateiner sagt."
Dr. Peyerl entpuppt sich als weinerlicher Alkoholiker. Wahrscheinlich hat er deswegen nur so kurze Ordinationszeiten. Kottan und Schremser drängen ins Wartezimmer.
„Sie haben mir das letzte Mal etwas Falsches erzählt", hält Kottan dem Zahnarzt vor.
„Ich habe Ihnen die Behandlungskarte übergeben. Was stimmt da nicht?"
„Ist es möglich, daß Sie die Männer verwechselt haben? Könnten die Eintragungen auf ihrer Karte zu dem Gebiß des Mannes passen, der zugleich mit Haumer hier war?"
„Ist möglich", gibt Dr. Peyerl zu. Er wankt zur Bank und versucht sich zu erinnern. „Einer war auf Behandlungsschein da, der andere war Selbstzahler. Dabei war der, den Sie mir gezeigt haben, auf jeden Fall. Das weiß ich genau."
Kottan zweifelt nicht daran. Er nimmt auch mit Gewißheit an, daß sich Haumer Dr. Peyerl nicht zufällig ausgesucht hat. Wie es ihm allerdings gelungen ist, den später Erschossenen dazu zu bringen, mit ihm diese Ordination aufzusuchen, ist ihm schleierhaft.
„Können Sie den Mann ein bißchen beschreiben?"
Dr. Peyerl schüttelt den Kopf. Das hat er schon beim ersten Besuch nicht gekonnt, mit der Begründung, sein Wartezimmer sei meistens voll. Kottan ist vom Gegenteil überzeugt. Jetzt will der Zahnarzt die Beamten, die sich der Tür zuwenden, nicht mehr weglassen und wird mitteilungsbedürftig. Er

habe 40 Jahre lang gesoffen, grölt er, und trotzdem im Rußlandfeldzug Zähne gezogen, sogar in Stalingrad. Die Leber sei allerdings hin. Dr. Peyerl bedauert das nur kurz. Es mache ihm nichts aus. Seit einem Jahr trinke er eben auf der Milz und der Bauchspeicheldrüse weiter. Er wird stiller, weil er die Polizisten nicht aufhalten kann.
„Kommen Sie in der Früh“, empfiehlt er. Kottan kann sich vorstellen, daß Dr. Peyerl mit den ersten Gläsern an den Vormittagen die zitternden Hände bekämpft.
Auf einem Kanalgitter im Rinnsal neben dem Trottoir vor dem Haus liegt eine gestauchte Bierdose von einer holländischen Brauerei. Schade, denkt Kottan. Die hätte in seiner Sammlung noch einen Platz. Die Dose stammt vielleicht aus dem Lebensmittelgeschäft auf der anderen Straßenseite, das jetzt geschlossen ist. Kottan wird sich auf jeden Fall die Adresse einprägen.

20

Die Fahndung nach Lund scheint trotz der großen Presse fast eingeschlafen zu sein. Die Hinweise sind durchwegs Nieten. Eine 43-jährige Heimarbeiterin hat ihren Mann, der seinen zweiwöchigen Urlaub ausschließlich auf dem Diwan verbringt, durch einen anonymen Anruf angeschwärzt, um ihn für ein paar Stunden aus dem Haus zu haben.
Schremser geht mit Kottan gemeinsam den Akt Haumers von Anfang an durch. Anhaltspunkte würden sie dringend benötigen, etwa über den möglichen Aufenthaltsort von Haumer. Schremser hat es telefonisch bei Weilhartner versucht, der aber auch passen mußte. Er will sich umhören.
Das einzige, was ihnen weiterhelfen könnte, ist eine Notiz, die besagt, daß Haumer vor 19 Jahren für vier Monate verheiratet war. Er ist auch das Standesamt genannt, in dem die Hochzeit stattgefunden hat.

Durch das Standesamt erfahren Kottan und Schremser auch, daß Frau Regina Haumer, geborene Blemenschütz, nach der Scheidung wieder ihren Mädchennamen angenommen und vor fünf Jahren noch einmal geheiratet hat. Sie heißt jetzt Kloiber. Die bei der zweiten Heirat angegebene Adresse ist vielleicht immer noch gültig.
Kottan macht sich allein auf den Weg.
Die Adresse im zweiten Bezirk stimmt, Regina Kloiber ist aber nicht zu Hause. Eine korpulente, etwa 70-jährige Nachbarin, die auf einem runden Sessel beim Blumenfenster im Stiegenhaus sitzt und in den (bis auf die Mistkübel) leeren Lichthof starrt, weiß den Namen der Fabrik, in der Frau Kloiber beschäftigt ist.
Sie beschimpft daraufhin ohne Überleitung ihren nicht anwesenden Mann. Er hat ihr einen medizinischen Wärmeschuh, der nach dem Prinzip elektrischer Heizdecken funktioniert, für ihre geschwollenen Füße besorgt. In diesem Wärmeschuh stecken ihre beiden Füße bis zum Knöchel. Der Schuh ist mit einem zweifach gestückelten Verlängerungskabel mit einer Steckdose in der Küche verbunden. Ihr Mann hat den Reißverschluß auf dem Rist (mit voller Absicht, sagt sie) zugemacht. Sie kann den Reißverschluß wegen ihrer Korpulenz nicht erreichen und sitzt wie angeschraubt fest.
„Ein paar Stunden ist *er* schon weg", jammert sie, „und läßt mich sitzen." Sie vermutet ihren Mann bei einer Tarockpartie im Augarten. Ihre sporadischen Hilferufe will niemand gehört haben.
Kottan fordert über Funk die genaue Adresse der Fabrik an, während er den Wagen in Richtung 15. Bezirk lenkt. Den Bezirk hat die Nachbarin gewußt, die er aus ihrem kleinen Gefängnis befreit hat. Regina Kloiber muß auf ihrem Weg vom und zum Arbeitsplatz jedesmal durch die halbe Stadt.
Es handelt sich um eine kleinere Fabrik, die auf die Produktion von Plastikgeschirr spezialisiert ist. Regina Kloiber arbeitet in der Verpackung. Der Leiter der Abteilung Fertig-

stellung und Versand, ein 50-jähriger mit tiefem Scheitel, holt Frau Kloiber in einen Vorraum, schenkt Kottan einen langen Blick und läßt ihn mit der Arbeiterin allein. Ein ungestörtes Gespräch wird nicht möglich sein. Die geweißten, nur grob verputzten Wände des Vorraums werden durch vier Türen (alle aus Blech) unterbrochen. Hinter der großen Schiebetür ist regelmäßiges Poltern und Zischen zu hören. Regina Kloiber hat ein fast unsichtbares Netz auf dem Kopf und einen braunen, glänzenden, viel zu langen Arbeitsmantel an. Kottans Frisur hat ein Windstoß vor dem Fabriktor durcheinander gewirbelt. Frau Kloiber hat sich einen Kriminalbeamten anders vorgestellt.
„Wird es lang dauern?“ fragt sie.
„Werden Sie nach der Menge der verpackten Teller bezahlt?“
„Nein. Ich bin nur mit meinem Pensum für heute hinten und muß noch die Pakete für den Bahnversand fertigmachen.“ Sie weiß nicht, was Kottan von ihr wollen kann.
„Sie waren früher mit Erwin Haumer verheiratet?“
„Man kann es so nennen. Er hat mich geheiratet, weil ich ein Kind von ihm erwartet habe. Nach der Fehlgeburt war er bald auf und davon, gerade dann endgültig, als ich wieder schwanger war.. Das hat er allerdings nicht gewußt.“
„Haben Sie das Kind ausgetragen?“
„Ja. Eine Tochter. Petra heißt sie.“
„Hat er das erfahren?“
„Sicher. Er wollte auch zurückkommen, was ich verhindert habe. Ich war froh, ihn los zu sein.“
„Warum?“
„Er war der erste Mann, den ich kennengelernt hatte. Bei einer Tanzveranstaltung. Ein kleinlicher, egoistischer Mensch, hat sich herausgestellt. Ich konnte kein vernünftiges Wort mit ihm reden.“
„Hat er sich um die Petra gekümmert?“ Kottan betrachtet seine Schuhspitzen. Die Schuhe haben beinahe die gleiche Farbe wie der Steinboden. Tarnschuhe, denkt Kotten.
„Bezahlt hat er nichts. Das war mir nur recht, weil ich mich

sonst auch wieder mit ihm abgeben hätte müssen. Er hat ihr Geschenke gemacht hin und wieder. Im Laufe der Jahre ist er immer seltener bei uns aufgetaucht. Die letzten drei Jahre überhaupt nicht mehr. O ja, nur einmal, vor ein paar Monaten. Er ist hierher in die Fabrik gekommen, wie sie. Genau hier sind wir gestanden. Er hat herumgeschrien und mir Vorwürfe gemacht."

„Welche?"

„Die Petra ist kurz vor ihrem 17. Geburtstag ausgezogen. Er hat sich aufgeregt, weil ich ihn nicht davon verständigt hatte. Ich hätte ihn gar nicht verständigen können. Wo hätte ich ihn denn erreicht?"

„Was ist mit Ihrer Tochter?"

„Ich weiß es nicht." Sie macht eine Pause, scheint einen plötzlichen Zweifel niederzuringen. „Ich habe sie zuletzt überhaupt nicht begriffen. Sie ist von einem Tag auf den andern zu einem Freund gezogen. Ich wollte es ihr kurzerhand verbieten. Sie hat es sich nicht verbieten lassen."

„Ist sie nicht mehr gekommen?"

„Zunächst schon, ist aber nur stumm bei uns in der Küche gesessen. Dann ist sie ganz weggeblieben."

„Haben Sie ihr Vorhaltungen gemacht?"

„Zu wenige."

„Hat Ihr Mann versucht, mit der Petra daraufhin näher in Kontakt zu kommen?"

„Kann ich nicht sagen. Er war ja nur das eine Mal hier. Er hat mich verantwortlich dafür gemacht, was aus der Petra geworden ist."

„Was ist aus ihr geworden."

Regina Kloiber zuckt die Achseln und zieht ihr Haarnetz in die Stirn.

„Wo kann ein Mädchen, das nichts fertig gelernt hat, schon hingehen, hat der Erwin gesagt, zum Film?"

„Sie sind wieder verheiratet seit ein paar Jahren. Können die Probleme zwischen Ihnen und Ihrer Tochter mit Ihrem jetzigen Mann zu tun haben?"

„Bestimmt nicht." Sie macht ein empörtes Gesicht. „Der Edi ist ordentlich. Reifenmonteur. Wir haben noch ein Kind bekommen."
„Was hat Haumer beruflich gemacht, als er mit Ihnen verheiratet war?"
„Bei einer Spedition war er. Angeblich. Im Nachhinein bin ich mir nicht mehr so sicher."
Kottan berichtet von der Nachbarin, die ihren doppelten Gesundheitsschuh nicht verlassen konnte. Regina erzählt, daß die beiden seit Jahren einen ideenreichen Kleinkrieg miteinander führen, der sie fit hält.
Bei der Rückfahrt ins Sicherheitsbüro hat Kottan keine Ahnung, ob er durch Regina Kloibers Mitteilungen Erwin Haumer einen Schritt näher gekommen ist. Die Autogeräusche hält er in den ersten Minuten der Fahrt für besonders leise.

Schrammel soll beim Zentralmeldeamt anfragen, wo Petra Blemenschütz gemeldet ist, überläßt den Namen aber gleichzeitig dem Polizeicomputer. Petra Blemenschütz ist derzeit ohne ordentlichen Wohnsitz in Wien. Der Computer nennt eine Ahnhaltung vom Jänner dieses Jahres und eine Aktennummer der *Sitte.*
Kottan läßt den Akt ausheben: ein Äktchen. Petra Blemenschütz ist (wie Ilona Rössler) wegen Geheimprostitution festgenommen worden. Sie war im Inquisitenspital zur Kur, nachdem eine Geschlechtskrankheit bei ihr festgestellt wurde. Die Eltern, bzw. die Mutter, wurden mittels Brief verständigt. Der Brief ist hinterlegt und nicht abgeholt worden. Ein weiterer Versuch in dieser Richtung wurde nicht unternommen, weil Regina Blemenschütz mittlerweile großjährig war, sich registrieren lassen wollte und eine Übersiedlung nach München ankündigte. Anscheinend ist sie wirklich nach München gegangen. Eine Registrierung in Wien ist unterblieben.
Das Foto zeigt ein junges Mädchen, das die Unterlippe et-

was nach außen stülpt, von durchschnittlichem Aussehen. Einen verläßlichen Eindruck lassen Polizeibilder allerdings nicht zu.
Schremser telefoniert mit München. Er will eine mündliche Aufenthaltsbestätigung vom dortigen Einwohnermeldeamt einholen. Kottan steht auf und geht zur Tür.
„Gehst du weg?“ fragt Schremser.
„Nur ins Kino“, sagt Kottan.

21

Elfriede Kahlbeck zieht die Tür am runden Drehknopf nach innen, nachdem sie einen Blick durch das rechteckige Guckloch mit Klappe geworfen hat. Sie steckt (abweichend von der Regel) in einem dünnen blauen Kleid ohne Blumen, das italienischer Herkunft sein dürfte. Dazu trägt sie lange Stiefel. Mit Kottan hat sie nicht gerechnet.
„Sie schon wieder?“
„Sind Sie besetzt?“
„Nein. Kommen Sie.“
Ein Mann mit heller Stimme, der sich strenge Behandlung ausbedungen hatte, wollte zwar vorbeischauen, ist aber überfällig. Viele der Anrufer, die ihr Kommen ankündigen, treffen nie ein, wollen meistens nur detaillierte Gespräche über ihre Wünsche führen. Frau Kahlbeck berührt Kottan am Rücken, als er vor ihr das Wohnzimmer betritt. Die Tür zum Balkon ist offen. Der Zug erfaßt die Wohnzimmertür und schlägt sie zu. Sie steigt aus ihren Stiefeln.
„Ich möchte Ihre Filme anschauen“, sagt Kottan.
„Doch Nachholbedarf?“
„Dienstlich.“
„Wer's glaubt, wird selig.“ Sie hält das für einen schlechten Vorwand und lacht. „Sonst kann ich nichts für Sie tun?“
„Ich glaube nicht.“
„Ihr Bier ist noch da.“

„Das nehme ich.“
Sie holt die Dose aus dem Eiskasten und bringt sich selber ein Glas Mineralwasser mit.
„Der Projektionsraum ist bei mir das Schlafzimmer“, sagt sie. „Muß ich wegen Ihnen umbauen?“
Kottan reißt die Dose auf und folgt ihr ins Schlafzimmer. Sie holt hinter den bodenlangen Vorhängen das Stativ hervor und rollt die Leinwand aus. Kottan setzt sich auf die Bettkante.
„Was sind das für Filme?“
„Wissen Sie das nicht?“
„Ich meine, wo kommen sie her?“
„Bei einer Postfachfirma in Salzburg habe ich sie bestellt.“
Sie verläßt das Zimmer und kommt mit einem Tischchen auf Rädern wieder, auf dem der billige Projektor steht. Daneben liegen einige blaue, nicht besonders große Filmspulen.
„Bequemer können Sie es schon haben“, sagt sie und macht eine auffordernde Armbewegung. Kottan kommt der Aufforderung nach, schnürt die Schuhe auf, stellt sie nebeneinander, setzt sich am Kopfende auf die Bettdecke: Türkensitz. Er kann sich gegen die mit schwarzem Jeanssamt tapezierte Wand lehnen.
„Was wollen Sie sehen?“ will sie wissen und leiert die idiotischen Titel herunter.
„Welche Filme haben Sie dem Haumer gezeigt? Die würden mich vor allem interessieren.“
„Ich kann mich nicht erinnern. Sie halten das komplette Programm schon aus. Sind ja insgesamt nur vier Filme.“
Sie spannt den ersten Film ein, der den Titel „PS und heiße Höschen“ trägt. Sie entschuldigt sich im voraus für die schlechte Qualität aller Fime.
„Sind ziemlich verschrammt. Soll ich mich zu Ihnen setzen?“
„Bleiben Sie, wo Sie sind.“
Elfriede Kahlbeck antwortet mit dem inzwischen vertrauten Lachen. Sie schaltet den Projektor ein und setzt sich am

Fußende des Betts hin. Sie kennt alle Filme auswendig: die Gesichter, die Gesten, die gespielten Orgasmen. Die einzige Überraschung für sie besteht darin, welchen der vier Filme sie eingespannt hat. Die mit Farbbildern versehenen Filmschachteln hat sie einem Besucher mitgegeben.
Die Handlung des ersten Films ist simpel. Zwei Motorradfahrer nehmen zwei Stopperinnen mit, die schon halb nackt am Straßenrand stehen. Die Männer biegen mit ihren schweren Maschinen beim nächsten Seitenweg in den Wald. Die Mädchen haben nichts anderes erwartet und werden neben und auf den Motorrädern beschlafen. Einer der Motorradfahrer fühlt sich bemüßigt, mit einer Autokurbel nachzuhelfen. Woher er die plötzlich nimmt, wird nicht erklärt. Der Film dauert keine zehn Minuten.
„Brauchen Sie mich jetzt?" will Frau Kahlbeck wissen, als sie das Licht aufdreht.
„Nein", sagt Kottan.
„Gefällt Ihnen so was nicht?"
„Nein." Er muß zugeben, daß der Film vielleicht stimmulierende Wirkung haben kann. Andererseits findet er das verlogene, automatische Agieren der Mitwirkenden abstoßend. Die Geschichten werden nicht besser. Im zweiten Film findet eine Hochzeit statt. Der Bräutigam wird infolge überhöhten Alkoholgenusses bewußtlos. Die beiden Trauzeugen ersetzen ihn tatkräftig. Im dritten Film werden zwei junge Negerinnen mannstoll, nachdem sie drei Züge aus einer Haschischpfeife inhaliert haben. Kottan stöhnt, läßt die Vorführung des dritten Films nach fünf Minuten abbrechen.
„Langt es Ihnen?"
„Legen Sie den vierten Film ein." Kottans vage Hoffnungen sind gedämpft. Frau Kahlbeck spult den dritten Film zurück und bereitet den letzten für die Projektion vor.
„Bei mir wird demnächst ein Tonprojektor fällig", meint sie. „Die Konkurrenz arbeitet auch nur mehr mit Tonfilmen. Einer hat kürzlich von mir die fehlenden Töne hören wollen."

„Ja?“
„Ich bin keine Synchronsprecherin.“
Im letzten Film sind zwei weibliche Pfadfinder in extra kurzen Hosen mit einer Sammelbüchse unterwegs. Ein Tankwart, der geerbt haben muß, spendiert 1000 Mark. Dafür teilen die Mädchen mit ihm das Matratzenlager zwischen Öltonnen, Autoreifen und Kanistern.
„Können Sie das Bild anhalten?“ fragt Kottan.
Sie drückt einen winzigen Hebel nach rechts. Das Bild wird sofort etwas dunkler, bewegt sich aber nicht mehr weiter. Die beiden Mädchengesichter sind unverwechselbar, obwohl sie Kottan nur von Bildern kennt: Petra Blemenschütz und Ilona Rössler.
„Sie können abschalten“, erklärt Kottan. „Danke.“ Er trinkt die Dose aus und stellt sie auf den Platz, auf dem er seine Schuhe abgestellt hatte. „Den Film würde ich gern mitnehmen.“ Sie nimmt die Spule eben ab. Erst jetzt fallen Kottan die Nähte an ihren Strümpfen auf.
„Für Ihr Heimkino? Den können Sie woanders billiger kriegen. Haben Sie überhaupt einen Projektor?“
„Im Büro.“
„Ich verstehe“, sagt Frau Kahlbeck. „Sie wollen den Film nicht bezahlen.“
„Sie bekommen eine Bestätigung von mir.“

22

Schremser hat die Telefonnummer von Petra Blemenschütz, unter der sie in München erreichbar ist, herausgefunden, auf ein leeres DIN A 4-Blatt geschrieben und auf Kottans Schreibtisch gelegt.
„Ich habe noch nicht angerufen“, sagt Schremser, nachdem er Kottan mit einem gekünstelten Räuspern auf das Blatt aufmerksam gemacht hat. Kottan legt die Filmspule, die ihm

Frau Kahlbeck in braunes Packpapier gewickelt hat, auf die höchste Spitze seines Akten- und Zettelberges.
„Du darfst auspacken."
„Habe ich meinen Geburtstag verschwitzt?" fragt Schremser. Ein paar Sekunden später hat er die Spule in der Hand.
„Du warst anscheinend wirklich im Kino."
„Ein österreichischer Film", erwidert Kottan. „Du schaust ihn dir mit dem Schrammel an."
Schremser verläßt mit der Spule, einer halb verrauchten *Reyno* und einem erstaunten Gesicht das Büro. Kottan wählt die Freileitung, die Vorwahl von Deutschland und München, dann die von Schremser notierte Nummer. Nach dem ersten Klingeln wird abgehoben.
„Ja bitte?"
„Kann ich Fräulein Blemenschütz sprechen?"
„Am Apparat. Das Fräulein ist schmeichelhaft, aber Blödsinn. Willst zu mir kommen?"
„Ich rufe aus Wien an."
„Das ist weit", gibt sie zu.
„Sie sind doch auch aus Wien."
„Hört man das nicht?"
„Ich bin Polizist hier."
Eine Pause entsteht, die fast eine halbe Minute andauert. Kottan kreist die notierte Telefonnummer mit grünem Filzstift ein. Daneben zeichnet er ein nach links gerichtetes Profil mit Knollennase.
„Sind Sie noch dran?" sagt er.
„Schon. Sie haben ja angerufen."
„Ich wollte mit Ihnen wegen Ihres Vaters sprechen."
„Uninteressantes Thema."
„Wieso?"
„Den habe ich in den letzten zehn Jahren vielleicht fünfmal gesehen."
„Wann zum letzten Mal?"
„Ende November oder Anfang Dezember. Da war ich noch

in Wien. Er ist in der Früh gekommen, hat getobt, weil er mich in einem Film entdeckt hatte."
„Den Film habe ich auch gesehen."
„Habe ich Ihnen nicht gefallen?" Sie hustet.
„War das Ihr einziger Film?"
„Nein. Bezahlt wurde nicht schlecht. Für die Fixer in Naturalien."
„Was?"
„In Gramm."
„Sie sind doch von daheim zu einem Freund gezogen."
„Habe ich geglaubt. Der sympathische Herr war nur Geschäftsmann. Zuerst hat er mich auf Heroin gebracht, dann die Arbeiten vermittelt. In den Filmen und . . ."
„Was noch?"
„Anschaffen nennt man das hier."
„Warum sind Sie nicht weg?"
„Ich konnte nicht weg. Zu dem Zeitpunkt hätte ich fast alles gemacht, um meine Ration nicht zu gefährden. Ich bin sogar bei dem feinen Herrn geblieben, bis kein Platz mehr für mich war."
„Wie heißt er?"
Regina Blemenschütz schweigt. Kottan hat dem Profil Stielaugen gezeichnet und anschließend das ganze Kunstwerk durchgestrichen.
„Wollen Sie ihn noch schützen? Haben Sie Angst?"
„Nein. Er heißt Harald Rögl."
„Wer hat die Filme produziert?"
„Da bin ich überfragt. Mich hat der Rögl hingebracht."
„Wohin? Ins Studio?"
„Für solche Filme braucht man kein Studio. Die haben in Privatwohnungen gedreht, die für kurze Zeit gemietet wurden. Ein perfektes Unternehmen. Die haben an uns dreifach verdient. Beim Heroin. Beim Strich. Bei den Filmen."
„Der Rögl hat das mit mehreren gemacht?"
„Er und andere. Die große Nummer war er nicht."
„Für wen hat der Rögl gearbeitet?"
„Ich sage nichts."

„Wieso nicht?"
„Ich weiß nichts", verbessert sie sich.
„Kennen Sie das 53?"
„Da habe ich den Rögl getroffen."
„Was ist mit der Ilona Rössler?"
„Die ist tot."
„Waren Sie mit ihr befreundet?"
„Nein."
„Wie ist das morgendliche Zusammentreffen mit Ihrem Vater ausgegangen?"
„Ich habe ihm gesagt, er soll sich schleichen. Er hat angeboten, daß ich mitkomme. Der hat keine Ahnung gehabt, was er da verlangt. Ich glaube, der hat mich im Jänner selber bei der Polizei genannt."
„Er hat eben keine andere Möglichkeit gesehen."
„Die Behandlung im Spital war der Anfang meines Entzugs. Derzeit bin ich sauber, trocken, alles, was Sie wollen. Eine kleine Blasenentzündung ist meine momentan einzige Schwäche."
„Wissen Sie, daß Ihr Vater wahrscheinlich ihretwegen Amok läuft?"
„Was macht er?"
„Er hat jemand umgebracht."
„Blödsinn. Wen?"
„Das wissen wir noch nicht. Wissen Sie, wo er sich aufhält?"
„Nein. Glauben Sie, ich habe ihn hier versteckt?" Sie schreit von der Muschel weg in das Zimmer, in dem sie telefoniert. „Hallo Papa! Komm her. Die Polizei will sich mit dir unterhalten."
„Warum so zynisch?"
„Oft ist das der einzige Schutz."
Das weiß Kottan selbst. Er hat eine Zierleiste (eine Wellenlinie mit Punkten) angefertigt.
„Haben Sie Ihrem Vater den Namen Rögl genannt?"
„Kann sein."

„Ja oder nein?“
„Ja.“
„Kann er Kontakt zu Ilona Rössler aufgenommen haben?“
„Hat er bestimmt. Sie hat mir erzählt von einem Typ, der ein Gespräch mit ihr auf Tonband aufgenommen hat. Das war mein Vater. Bestimmt. Fragen Sie weiter.“
„Warum hören Sie jetzt nicht auf?“
„Sie reden wie mein Vater. Mit was soll ich anfangen? Ich will nicht aufhören. Jetzt bleibt mir wenigstens was übrig.“
„100 Prozent?“
„Das wird nirgends gespielt.“
Kottan verabschiedete sich, wählt gleich noch einmal: eine Nummer im Haus. Er läßt die Adresse von Harald Rögl feststellen; falls der eine Adresse in Wien aufzuweisen hat. Die Telefonnummer Regina Blemenschützs, die täglich in den Münchner Zeitungen zu finden ist, überträgt Kottan in seinen Kalender, das Blatt wirft er weg. Schremser kommt allein wieder.
„Schöner Film?“ fragt Kottan.
„Entzückend“, sagt Kottan im Tonfall eines New Yorker TV-Kollegen.
„Unser Trio hat anscheinend auf Arbeitsteilung gesetzt. Uhrmacher ist für Beschaffung und Vertrieb der Rauschgifte zuständig, Pellinger organisiert die Verwertung der Mädchen im Geschäftszweig Prostitution, Stoiber ist der Mann für die Filmproduktion und den Vertrieb der Filme.“
„Der Stoiber?“ bleibt Schremser skeptisch. „Nur weil er ein paar Fotogeschäfte hat?“
„Weißt du eine andere Funktion, die für ihn bleibt? Der Uhrmacher hat das Geld verwaltet, mit Grundstücken und Althäusern spekuliert. Kein nennenswertes Risiko, wenn man den richtigen Freund hat. Der Haumer hat die drei erpreßt oder auch nur in aufdringlicher Weise bedroht. Sie haben geglaubt, unbedingt reagieren zu müssen. Jemand aus ihrer Organisation wollten sie nicht für die Beseitigung Haumers heranziehen. Ist ihnen zu gefährlich gewesen, wo

sie doch schon bei den täglichen Geschäften überaus vorsichtig sind. Die haben Lund kommen lassen. Vielleicht haben sie nicht einmal ihre besseren *Mitarbeiter* etwas von Haumer wissen lassen. Wie findest du das?"
„Wie im Roman", sagt Schremser.
Das Telefon läutet. Harald Rögl wohnt in der Stromstraße. Kottan kennt den Wohnblock: fast neue Zwei- und Dreizimmerwohnungen. Trotzdem ist der beträchtliche Klassenunterschied zu den Behausungen Uhrmachers und Pellingers deutlich. Schremser besorgt den Hausdurchsuchungsbefehl. Kottan bestellt einen Schlosser. Beide Beamten glauben nicht, daß Rögl seit Montag (14 Uhr) in seiner Wohnung gewesen ist. Sie sind sicher: Haumer hat Rögl ermordet.
In der Wohnung stoßen die Polizisten zunächst auf eine verstörte 16- oder 17-jährige, die nicht vernehmungsfähig ist: wahrscheinlich Rögls Ersatz für Regina Blemenschütz. Das Mädchen hat die Wohnung offenbar wegen der tagelangen Abwesenheit Rögls nach Ampullen durchsucht. Schremser verständigt die Rettung.
Sie finden einen Blutspendeausweis Harald Rögls: Blutgruppe B1 positiv. Ansonsten können sie nichts entdecken, was sicherstellen könnte, daß der am Montag Erschossene mit Rögl identisch ist. Nicht einmal ein Foto Rögls läßt sich auftreiben, mit dem man noch einmal den Zahnarzt strapazieren könnte. Vorbestraft war Rögl nicht.

23

Alfons Stoiber ist tatsächlich seit ein paar Stunden aus Griechenland zurück. Die Urlaubstage waren regenfrei. Er hat auch seine bisher mangelhafte Technik im Windsurfen verbessern können. Jakob Uhrmacher will er erst am späten Abend treffen. Mit Gunda, seiner vierjährigen Colliehündin, die er 14 Tage zurücklassen mußte und vermißt hatte, ist er vor einer Stunde im *Senator* die Höhenstraße hinaufgefahren. Den Wagen hat er auf dem fast leeren Parkplatz bei der Jägerwiese abgestellt und ist mit dem Hund zum Leopoldsberg marschiert. Der Hund ist ihm kaum von der Seite gewichen. Im Restaurant neben der Kirche hat er eine *Melange* getrunken.

Auf dem Rückweg fällt ihm schon bald ein Mann auf, der in einem rostroten Trainingsanzug mit weißen Streifen auf dem gleichen Weg unterwegs ist. Der Mann überholt ihn, schaut sich mißtrauisch nach allen Richtungen um. Er trägt, was Stoiber ebenfalls gleich bemerkt hat, einen länglichen Gegenstand, der in ein meerblaues Tuch gewickelt ist, in der rechten Hand. Stoiber hat das Gefühl, daß der Mann, der zwischendurch immer wieder ein paar Schritte im langsamen Trab einlegt, sein Paket loswerden will.

Als Alfons Stoiber bei der Jägerwiese ankommt, ist der Mann nur wenige Schritte vor ihm, schaut sich immer noch um, bevor er in die Sträucher am Wiesenrand taucht, um nach einer Minute an einer Stelle weiter vorn die Wiese wieder zu betreten: ohne den eingewickelten Gegenstand. Den Collie hat Stoiber losgelassen. Der Hund rennt zur Mitte der Wiese und beäugt eine Dogge. Der Mann überquert die leicht ansteigende Wiese Richtung Wirtshaus und dreht sich jetzt nicht mehr um.

Alfons Stoiber ist neugierig geworden, biegt die Zweige der Sträucher zur Seite. Er entdeckt ein paar Meter vom Wiesenrand entfernt den unbekannten Gegenstand im blauen Tuch, das neu oder zumindest frisch gewaschen aussieht. Er zieht an einem Zipfel, rollt den Gegenstand aus dem Tuch, der gleich darauf vor ihm liegt. Jetzt weiß Stoiber, daß er einen Fehler gemacht hat. Den letzten in seinem Leben, das 44 Jahre und 127 Tage gedauert hat.

Die Detonation bringt die wenigen Hundebesitzer, die Kinder und die Hunde auf der Wiese in Panik. Die meisten laufen weiter nach oben, zwei Männer werfen sich ins Gras, die Kinder quietschen. Ein Aushilfskellner kommt aus dem

Gasthaus und läuft die Wiese hinunter zur Explosionsstelle. Noch vor ihm trifft der Collie ein. Die Hündin packt das rechte Bein des Herrchens am Hosenstoff. Sie schleppt das Bein, das sich selbständig gemacht hat, auf die Wiese.
Erwin Haumer besteigt sein Sportfahrrad und rollt die Höhenstraße hinunter.

24

Über die Mutter Harald Rögls hat Schrammel ein älteres Foto ergattert, mit dem er zu Dr. Peyerl fährt, der daheim auf Schrammel warten will.
Alfons Stoiber wurde durch die Explosion buchstäblich zerlegt. Die Polizisten mehrerer Funkstreifen hatten die makabre Aufgabe, die weit verstreuten Leichenteile einzusammeln, was beinahe eine Stunde in Anspruch nahm. Die Meldung von der Sprengung eines Menschen wurde in der nächsten Nachrichtensendung gebracht, worauf zahlreiche Wiener mit den Autos zur Jägerwiese pilgerten und von weiteren Polizisten zurückgedrängt werden mußten.
Kottan und Schremser blieben nur kurz am Tatort. Als sie angekommen waren, stand bereits fest, daß der abgestellte *Senator* Alfons Stoiber gehört. Ein Anruf bei Frau Stoiber bestätigte: Ihr Mann war zu einem ausgiebigen Spaziergang mit dem Hund aufgebrochen. Die Colliehündin verteidigte auch wütend das von ihr sichergestellte Bein. Ein Sprengstoffexperte der Staatspolizei gab sich nachdenklich und wichtig. Kottan jedoch war an der Beschaffenheit des Sprengstoffs nicht besonders interessiert. Eigentlich gar nicht.
Schremser und Kottan kündigten sich bei Uhrmacher an und bestellten zudem Pellinger zum Kaffeehausbesitzer. Zuerst wollte Pellinger nicht kommen. Auf die eindringliche Feststellung, es wäre nur in seinem Interesse, stimmte er schließlich doch zu.

Pellinger verspätet sich. Als er Uhrmachers Geschäfts- und Wohnraum betritt, warten die beiden Beamten des Morddezernats schon 20 Minuten auf dem dreiteiligen Fauteuil. Uhrmacher hat unbekümmert tunesische Rosinen aus einem Nylonsack genascht. Pellinger hat einen Cowboyhut auf dem Kopf, mit dem er sich keineswegs deplaciert fühlt.
„Ein Stetson ist das“, beantwortet er Schremsers verwunderten Blick. „Ich bin zu Fuß gegangen“, rechtfertigt er seine Verspätung, „weil ich mein Auto verschrottet habe. Auf der Westautobahn.“ Er präsentiert sich wie der schlechte Bilderwitz eines Mannes, der über Nacht zu Vermögen gekommen ist.
„Der Herr Kommissar will uns eine Geschichte erzählen“, erläutert Jakob Uhrmacher die Situation. „Warum er sie auch Ihnen erzählen will, weiß ich nicht.“
„Kommissar gibt es erst recht keinen“, berichtigt ihn Kottan. „Es ist außerdem zunächst keine Geschichte, nur eine Information. Alfons Stoiber ist tot.“
In Uhrmachers Gesicht regt sich nichts. Pellinger verschluckt dafür fast eine der drei Rosinen, die er sich aus dem Nylonsack genommen hat.
„Was ist das für ein kindischer Bluff?“
„Es stimmt. Vor zirka zwei Stunden ist er in der Nähe der Höhenstraße in die Luft gesprengt worden.“
„Gesprengt?“ Uhrmacher zeigt jetzt doch eine besorgte Miene. „Ein Unfall?“
„Wir nehmen an, daß es sich um einen sorgfältig geplanten Mordanschlag gehandelt hat.“
„Von einem Wahnsinnigen“, entfährt es Uhrmacher.
„Von Erwin Haumer. Da sind wir sicher. Sie können sich ja ausrechnen, wen er sich als nächsten vornehmen wird.“
„Sie phantasieren schon wieder. Wir kennen den Herrn nicht.“
„Auf einmal sagen Sie doch *wir*“, hakt Schremser ein. Uhrmacher bewegt seine rechte Hand abschätzig in Richtung Schremser.

„Jetzt kommt die versprochene Geschichte“, kündigt Kottan an.
„Versprochen ist gut“, meint Pellinger, der die restlichen Rosinen auf den Tisch geworfen hat. Den Stetson hat er auf die Oberschenkel gelegt. Jetzt kommen seine abstehenden Ohren besser zur Geltung.
„Es gibt da ein Geschäft, das von drei Herren geleitet wird. Das Geschäft geht ausgezeichnet, obwohl oder weil es ein bißchen verboten ist. Ein Betroffener will sich wehren: durch Erpressung und Drohung. Die Geschäftsführung holt zum Gegenschlag aus. Der Erpresser weicht aus, indem er die Geschäftsführung an sein Ableben glauben läßt. Er findet einen anderen, der unter seinem Namen stirbt. Ungestört bereitet er seine eigentliche Absicht vor: die Eliminierung der dreiköpfigen Geschäftsführung.“
„Ich kenne bessere Geschichten“, sagt Uhrmacher. „Nicht einmal gut erfunden.“
„Vielleicht verstehen Sie die Pointe, wenn ich Ihnen den Namen des Toten nenne. Harald Rögl.“
Jakob Uhrmacher reagiert noch immer fast nicht. Er drückt die Kiefer fest gegeneinander. Jetzt spielt Pellinger den Ausdrucklosen.
„Geht Ihnen der Rögl nicht seit ein paar Tagen ab?“
„Ein Herr Rögl gehört nicht zu meinem Personal.“
„Ich denke auch weniger an Köche und Kellner.“
„Was wollen Sie wirklich?“ Uhrmacher ist aufgestanden.
„Den Haumer finden. *Vor* dem dritten Mord.“
„Sie glauben anscheinend an Ihre lächerliche Geschichte.“
„Wollen Sie Polizeischutz?“ bietet Schremser an .
„Nein“, sagt Uhrmacher, der nicht mehr auf sein Lederfauteuil zurückkehren will. Auch Pellinger lehnt ab.
„Sie kriegen ihn auf jeden Fall“, erklärt Kottan. „Je zwei Beamte werden wir dafür erübrigen.“
„Sehr ehrenvoll.“
„Vielleicht nehmen Sie es auch als bescheidene Geschäftsstörung unsererseits“, schlägt Kottan vor. Er hat begriffen,

daß von Pellinger und Uhrmacher keine Hinweise in Bezug auf Haumer zu erwarten sind. So viele Befürchtungen können die beiden gar nicht haben.
Im Büro liegt bereits die erste Nachricht des Erkennungsdienstes vor. Vom Mann, der gesprengt worden ist, gibt es Fingerabdrücke. Kottan schickt zwei Beamte in die Wohnung Stoibers, um völlig sicher zu gehen. Dieses Mal muß es ja wenigstens Fingerabdrücke zum Vergleichen geben. Stoiber wird in seiner Wohnung nicht ständig in Handschuhen herumgelaufen sein.
Pilch kann von den Entwicklungen des Nachmittags nicht informiert werden, weil er das Sicherheitsbüro früher als üblich verlassen hat. Er hält um 20 Uhr beim „Wiener Verein für Kriminalsoziologie“ ein Referat über seine Erkenntnisse, die er über die Kriminalpolizei in Belgien gewinnen konnte. Der Vortrag findet in den Räumen des Vereins in der Spiegelgasse statt. Pilch kommt der Einladung gern nach. Schon bei der Gründerversammlung sind ihm die mit Fliegengitter versehenen Fenster angenehm aufgefallen.
Die Protokolle von Montag und Dienstag hat der Dezernatsleiter zurückgeschickt, weil er zwei Rechtschreibfehler aufgespürt hat, die beim Tippen passiert sind. An einer Stelle war ihm die Satzstellung nicht recht. Pilch hat korrigiert wie ein Deutschlehrer.
„Sprachpolizist“, sagt Kottan.
Die Stichproben in der Lund-Fahndung an den Ausfallstraßen dauern noch bis in die Morgenstunden des Freitags an. Bisher sind nur vier Lenker ohne Führerschein und ein Autodieb ins Netz gegangen.

25

Die graue Wolkendecke am Freitagmorgen hängt tief über der Stadt und sieht bedrohlich aus. Lund soll sich in einer Schrebergartenhütte in Floridsdorf aufhalten. Jedenfalls

wollen ihn drei Nachbarn in den letzten beiden Tagen da gesehen haben. Auch nach Besichtigung der Polizeifotos ändern sie ihre Meinung nicht. Laut Angaben der Nachbarn steht die verwitterte Holzhütte mit dem geteerten Dach seit mehreren Jahren leer.
Major Muchitsch darf mit seiner Truppe noch einmal mitmachen, muß sich aber mit dem kontrollierenden Kommando Kottans abfinden. Er hält diese Verschiebung der Verantwortung trotz seiner gestrigen Niederlage für eine Zumutung. Pilch hat sich sein Mitkommen heute nicht nehmen lassen.
Die taktische Besprechung findet erst in unmittelbarer Nähe der Hütte, hinter einem neutralen VW-Bus statt. Kottan läßt Muchitschs Pläne nicht gelten. Er will es zunächst mit Megaphon-Aufforderungen versuchen. Das nur etwa 300 Quadratmeter große Grundstück ist umstellt. Die Gemüsebeete sind verwahrlost, dem einzigen Gartenzwerg verklebt Vogeldreck die Mütze und vor allem die Augen.
„Der kommt nicht freiwillig“, ist Muchitsch überzeugt.
Kottan hat auch keine besonderen Hoffnungen. Er drückt den Megaphonknopf und gibt die einfallslosen Sätze durch: „Alles umstellt. Keine Chance. Seien Sie vernünftig. Kommen Sie mit erhobenen Händen heraus.“
In der Bretterhütte rührt sich nichts. Muchitsch nickt zufrieden. Er sieht die Möglichkeiten zum Eingreifen rapid größer werden. Kottan wiederholt seine Phrasen. Es beginnt zu tröpfeln. Für die über fünfzig Männer gibt es keinen einzigen Schirm. Zum Glück bleiben nach einer Minute die Tropfen wieder aus.
Als Muchitsch seinen Einsatz für unausbleiblich hält und die Rede darauf bringen will, wird die Tür des Häuschens geöffnet. Ein Mann humpelt ins Freie, trifft allerdings keine Anstalten, die Arme hochzustrecken. Kottan erkennt das Gesicht gleich. Lund ist das bestimmt nicht. Der Mann, der vor der Hütte stehen geblieben ist, heißt zweifelsohne Erwin Haumer.

Zwei gepolsterte Polizisten laufen auf Haumer zu, ergreifen ihn an den Oberarmen. Ein dritter tastet Haumer ab, der unbewaffnet ist.
Schremser glaubt einen Moment, vor einem Spiegel zu stehen. Haumer bewegt sich mit zwei Krücken auf den Bus zu, sein rechtes Bein steckt in einem Beugegips. Er macht einen verächtlichen Blick zum Hackstock neben der Hütte, aus dem eine langstielige Hacke ragt. Nur wenige, zerkleinerte Holzstücke liegen im Schotter.
„Für *die* Arbeit bin ich nicht geeignet", sagt Haumer nur. Er streckt die Hände vor und mustert die Beamten. Die Ärmel der Anzugsjacke sind ihm zu kurz. Schrammel nimmt die Handschellen aus seiner Tasche.
Pilch beeindruckt die Verhaftung des mutmaßlichen Doppelmörders nicht sonderlich. Er hat neben dem Drahtzaun eine gemeine Stechfliege (Stomoxys calcitrans), im Volksmund auch Wadenstecher genannt, erspähen und entschlossen zertreten können.
Muchitsch nimmt sich mit seinen Männern die leere Hütte vor, als ob sie voll mit Komplizen Haumers wäre. Training sozusagen.
Bei der Einfahrt zur Schrebergartensiedlung *Sonnenplatz* befindet sich neben einem Verkehrszeichen, das die Breite des asphaltierten Weges nennt, eine zweite, angerostete Tafel: *Achtung! In der Jagdzeit täglich zwischen 15 und 19 Uhr Schußgefahr.*

Lund lenkt den Leihwagen, einen samtgrünen Austin Allegro, den Erna Kovarik unter ihrem Namen bei einem Verleih im Zentrum abgeholt hat. Lunds Gesicht und Haarfarbe sind dem Paßfoto mittlerweile angeglichen. Eigentlich hat er sich nach Westösterreich mit der Katze auf den Weg machen wollen, um sich das Schweigen Erna Kovariks zu sichern. Dagegen hat sich die Frau heftig gewehrt. So mußte er eben dafür sorgen, daß sie auf keinen Fall der Polizei Angaben

über seine Abreise machen konnte. Ihre eigene Schuld, bestätigt sich Lund.
Das Material über Haumer hat er in der Waschmuschel im Badezimmer verbrannt. Dabei mußte er den Verlust der Fotografie Haumers feststellen. Ein dummer Fehler. Zumindest würde das wahrscheinlich in der Garconniere verlorene Foto die Fahndung der Polizei gegen ihn nicht erleichtern. In einer der Telefonzellen auf dem Bahnhof Praterstern wählt er zuerst die Nummer des Auftraggebers, der nicht mehr fröhlich klingt.
„Haumer lebt", sagt der Auftraggeber sofort.
„Ich reise ab", teilt Lund mit.
„Und Ihr Auftrag?"
„Ich wurde nicht zum Suchen engagiert."
Lund hängt ein. In der heutigen Zeitung, die er noch bei sich hat, ist kein Wort davon gestanden, daß der *Unfalltote* nicht Haumer ist. Den Rest des Geldes will Lund ohnehin nicht beanspruchen: ein überflüssiges Risiko. Mit dem zweiten Anruf stellt er die Weiterreise ab Bayern sicher. Lund wird am Nachmittag die Grenze zur Bundesrepublik zu Fuß überschreiten. Die Telefongespräche hat er hier vorgenommen, weil dieser Bahnhof seiner Meinung nach keine unerwünschten Gefahren birgt. Die Fahndung findet auf dem Bahnhof Praterstern nicht einmal im Schongang statt. Nur die Schnellbahn hält hier und ein paar Lokalzüge.
Die Zeitung will Lund in den Metallkorb beim Ausgang werfen. Wenige Schritte vor dem Gitterkorb kommt ihm einer der Obdachlosen, die in Wien *Sandler* genannt werden, in die Quere.
„Die ist für mich", meint der Mann, der über dem Stoffmantel einen durchsichtigen Nylonumhang trägt. Er greift nach der Zeitung.
„Nein", antwortet Lund. Sein fast verhängnisvolles Erlebnis auf dem Westbahnhof ist ihm zu präsent.
Der Sandler läßt Lund nicht weiter, hält ihn an der Jacke zurück. Die Zeitung will er nicht einmal lesen, nur in sein

Quartier tragen, wo er Zeitungen hortet. Derzeit übernachtet er ausgerechnet in einem in Bau befindlichen Büroturm der Krankenkasse, bei der er früher Mitglied war. Den Absturz zum ständigen Asyl-Schläfer hat er bis jetzt vermeiden können.

„Schmeißt du die Zeitung lieber weg?" Der Sandler ist lauter geworden und alarmiert damit ein paar Bekannte in der Stehweinhalle.

Lund will sich befreien. Der sekkante Sandler läßt nicht lokker, klammert sich jetzt auch noch mit der zweiten Hand fest. Lunds kurzsichtiger Blick macht ihm Mut. Er kann nicht wissen, daß Lund diesen Blick nach Bedarf verwendet, um von seinen Gegnern unterschätzt zu werden. Lund, dessen Prinzip es in der Vergangenheit war, stets unbewaffnet zu sein, greift nach dem Springmesser, das in der angenähten Seitentasche neben der ungeöffneten Kaugummipackung liegt. Er sticht zweimal zu. Der Sandler sinkt mit dem Messer im Magen zu Boden. Lund läßt die Zeitung fallen und läuft zum Ausgang. Die Zeitung zerflattert. Ein Doppelblatt *(Lokales und Horoskop)* bedeckt den Liegenden wie eine Leiche. Bis die Kollegen des Niedergestochenen begriffen haben, was vorgefallen ist, sitzt Lund längst im Austin und verläßt den Kreisverkehr, der den Bahnhof Praterstern einschließt.

Für die Polizisten aus dem Wachzimmer neben dem Bahnhof ist ein Streitfall zwischen den Sandlern nichts Ungewöhnliches. An die Beteiligung eines Außenstehenden verschwenden sie keine Frage. Erst nach Stunden steht fest, daß es sich um den letzten Auftritt Edvin Lunds in Österreich gehandelt hat.

Erwin Haumer verzehrt die serbische Bohnensuppe aus der Kantine. Ein Bier hat ihm Pilch nicht genehmigt. Haumer sitzt Kottan im Büro gegenüber. Außer den beiden ist nur die mitstenografierende Sekretärin im Zimmer. Vor der Tür lauern zwei Beamte. Haumer zögert mit keiner einzigen

Antwort, spricht nur leise, gibt alles zu. Er hat (wie angenommen) gegen Uhrmacher, Pellinger und Stoiber Material beschafft, zunächst nur, um sie zu erpressen. Uhrmacher sei sogar hinhaltend auf den Erpressungsversuch eingegangen. Als Haumer einsehen mußte, daß zu einer Erpressung seine Bemühungen nie ausreichen würden, verlegte er sich in Gegenwart Uhrmachers und Pellingers auf herausgebrüllte Drohungen. Ursprünglich wollte er alle drei ausnehmen, ausquetschen und dann doch der Polizei ausliefern. Der Zorn über die Zerstörung seiner Tochter, wie er es nennt, war bald der Wut über das Riesengeschäft der drei gewichen: ein Geschäft, das nicht zu gefährden war. Jetzt fiel ihm zum ersten Mal die Untauglichkeit seiner seit fast zwei Jahrzehnten erprobten Mittel auf. Der Risikolosigkeit des Trios hatte er nur Originalität gegenüberzusetzen. Die Erpressung war kläglich mißlungen, die laut prophezeiten Drohungen sollten nicht scheitern. Anders seien die drei nicht zu erwischen, ist Haumers Überzeugung.
„Mit Ihrer Aussage", meint Kottan, „kommen wir weiter."
„Gar nicht. Was weiß ich denn? Ist ja nur meine Meinung, nicht belegbar."
„Sie haben sich an Rögl herangemacht?"
„Ja. Der war *ansprechbar.* Ich habe mit ihm zusätzliche Geschäfte abgesprochen. Er hat mir geglaubt, war interessiert."
„Wie haben Sie Rögl in die Ordination Dr. Peyerls gebracht?"
„Keine Schwierigkeit", grinst Haumer. „Der konnte einer für ihn kostenlosen Reparatur mit meinem Zahnbehandlungsschein nicht widerstehen."
„Wieso hat er sich in das gestohlene Auto gesetzt?"
„Er sollte beim Winterhafen eine von mir organisierte Lieferung holen. Er hat den Weg über den Handelskai nehmen müssen."
„Sie haben alles darangesetzt, um als tot zu gelten. Warum haben Sie nicht gleich ihre Papiere im Auto zurück-

gelassen und uns erst bei der Kahlbeck herumfragen lassen?“
„Sie werden lachen. Ich besitze keine einzigen Ausweis auf meinen richtigen Namen. Nur falsche Visitenkarten.“ Er hält eine Karte, auf die der Phantasiename einer Versicherung gedruckt ist.
„Wieso haben Sie im Häuschen auf dem Bahngelände so deutliche Spuren zurückgelassen?“
„Rögl ist früher vorbeigekommen, als ich angenommen habe. Nach dem Schuß bin ich weggelaufen. Früher oder später, war mir klar, kommen Sie sowieso drauf, daß ich nicht tot bin. Mir genügte es, für ein paar Tage tot zu sein.“
„Wieso haben Sie gewußt, daß Lund hinter Ihnen her ist?“
„Lund?“ wunderte sich Haumer. „Ich habe nur meine Beschattung gemerkt. In einem Kaufhaus habe ich den Verfolger abgeschüttelt und bin nicht mehr zurück in meine Wohnung.“ Er stellt die Schüssel weg, trinkt Wasser aus einem Papierbecher. Dann nimmt er eine zerknitterte Zigarette mit seinen gelben Fingern. Kottan hat nichts dagegen. „Wie geht es meinen Streifenhörnchen?“
„Die sind tot. Verhungert.“
„Unmöglich.“
„Die Futterschalen sind entfernt worden.“
„Das schaut der Firma ähnlich.“
„Glauben Sie im Ernst, der Pellinger und der Uhrmacher waren persönlich bei Ihnen? Die haben wahrscheinlich Dealer geschickt, denen ein paar Gramm in Aussicht gestellt wurden. Was haben die gefunden?“
„Es gab nichts zu finden.“
„Woher hatten Sie Ihr Gewehr?“
„Kann Ihnen egal sein.“
„Wir wissen es schon.“
„Jaja.“
„Das nächste Mal besorgen Sie sich Ihre Waffen weiter weg vom Tatort.“
„Werde ich mir merken.“

„Sie können schießen?“
„Schaut so aus.“
„Wo ist der Sprengstoff her?“
„Wissen Sie das ausnahmsweise nicht?“
„Leider.“
„Alles kann man kriegen. Ist vor einem Wachzimmer übergeben worden. Ein ziemlich sicherer Platz für so ein Geschäft.“
„Wie war das mit dem Stoiber?“
„Der war nur neugierig. Der hat zwar von mir gewußt, mich aber nicht gekannt. Ganz einfach war das.“
Kottan läßt nicht mehr mitschreiben. Frl. Domnanovics legt ihre Unterarme abwartend auf ihre Oberschenkel. Haumer hat die Beine übereinander geschlagen.
„Tut es Ihnen leid, gegen Uhrmacher und Pellinger nichts mehr ausrichten zu können?“
„Ja.“ Er nickt lang. „Ihr kriegt sie sowieso nicht.“
„Das wird sich erst herausstellen.“
Daß Uhrmacher und Pellinger nach der Verhaftung Haumers nicht leicht anzutasten sind, davon muß Kottan nicht überzeugt werden. Es gibt nur Verdachtsmomente, fast lükkenlose Vermutungen, keine Handhabe. Kottan wird jede Kleinigkeit überprüfen lassen, über die die beiden stolpern könnten. Der zuständige Richter hat sich noch nicht einmal mit der beantragten Abhörung der Telefongespräche Pellingers und Uhrmachers auseinandergesetzt. Vielleicht unterschätzt Haumer seine eigenen Recherchen, vielleicht sind sie als Ausgangspunkt brauchbar.
Kottan übergibt Haumer an einen Wachebeamten, begleitet ihn aber dann doch bis zur Zelle. Haumer kommt mit den Krücken nur langsam vorwärts. Er ist sie noch nicht gewöhnt.
„Die Details gehen wir morgen durch“, sagt Kottan.
„Ja.“ Haumer betrachtet seine vorläufige Wohnung.
„Kommen Sie nicht auf blöde Gedanken.“
Haumer lacht. Die Hosenträger sind ihm abgenommen

worden. Sogar die Bänder der Safari-Schuhe, die seine durchgetretenen *Milano* abgelöst haben, hat er abgeben müssen.
„Soll ich mit dem Kopf gegen die Wand rennen?"

26

Nachdem sich Erna Kovarik geweigert hatte, Lund die Katze auf die Reise mitzugeben, flößte er ihr einen Liter Tafelwein innerhalb weniger Minuten ein. Erst nach Stunden wird sie zerzaust, taumelnd und immer noch ohne Unterhose vor einem Wachzimmer aufgegriffen, das sie ohnehin betreten wollte. Sie hat Mühe beim Sprechen, stottert, muß sich an der Tischkante im Wachzimmer festhalten. Sie stinkt nach Wein und Erbrochenem.
„Ich bin vergewaltigt worden", ist ihr erster Satz.
„Am hellichten Tag?" sagt der etwas größere Polizist hinter dem Pult. Er hat ein Pflaster im Mundwinkel. Der andere Polizist, der mit Erna Kovarik ins Wachzimmer gekommen ist, bleibt fast verlegen neben ihr.
„Dreimal", fügt sie hinzu.
„Aha, die Dame hat mitgezählt." Der größere zwinkert dem zweiten Polizisten zu, der lieber wegschaut. Ein leichtfertiger Satz, der an Erna Kovarik allerdings abgleitet. Sie hört gar nicht hin.
„Er hat Geld dagelassen", berichtet sie langsam weiter. Lund deponierte vor seiner Abreise auf dem Küchentisch 15 000 Schilling.
„Dann *ist* es ganz was anderes", meint der Polizist mit dem Pflaster.
Erna Kovarik stürzt. Der Polizist neben ihr kann sie nicht auffangen, hilft ihr aber sofort auf. Der andere beißt in ein zusammengelegtes Brot mit Mortadella.
„Wann soll denn das gewesen sein?" Er findet Gefallen an der Unterhaltung.

„Vorgestern und gestern. Es war der Lund, nach dem gefahndet wird."
Jetzt macht auch der Polizist hinter dem Pult ein betroffenes Gesicht, obwohl er der *gnädigen Frau,* wie er sich ausdrückt, nicht glauben will.
Auch im Sicherheitsbüro reißen die Vorhaltungen nicht ab. Erna Kovarik gerät zunächst in Schrammels Büro. Schrammel ist ungeduldig, verdächtigt sie der Begünstigung und Fluchthilfe. Die Katze als Geisel findet er einfach lächerlich. Kottan erfährt erst nach ein paar Minuten von der Vernehmung Schrammels. Er mischt sich ein und bringt Erna Kovarik mit Schremser in seinem Auto nach Hause, obwohl er das anscheinend endgültige Untertauchen Lunds nur verärgert zur Kenntnis nehmen kann. Das Geld vom Küchentisch wird vorübergehend mitgenommen. Voraussichtlich wird sie es behalten können, wenn es niemand als gestohlen meldet. Schremser opfert eine Schlaftablette (Mozambin plus) aus seiner Mantelapotheke.

27

Das Rote Kreuz hat Kottan einen mit Wachsmatritzen vervielfältigten Brief geschickt, der auf dem Telefontischchen liegt. Die Überprüfung des von ihm gespendeten Bluts hat einen erhöhten Leberwert ergeben. 167 ist mit Kugelschreiber notiert worden. Der normale Wert liegt zwischen sechs und 33. Die Konsultation eines Arztes wird empfohlen. Kottan stellt sich vor, wie der Sack mit seinem Blut in einen Müll-Container geworfen wird. Ilse Kottan hat den Brief am Vormittag geöffnet und mit einer herausgerissenen Seite aus einer Illustrierten ergänzt. Ein Dr. Frei, der Ferndiagnosen stellt und Therapievorschläge gibt, nennt Symptome der durch Alkohol bedingten *Fettleber* (dem Vorstadium der Leberzirrhose): Müdigkeit, Juckreiz, Druckschmerz in der rechten Rumpfhälfte.

Kottans Vater ist auf Besuch. Er sitzt im Wohnzimmer und unterhält sich mit Elisabeth. Seit er nach einer Operation vor zwei Jahren eine Silberplatte im Kopf hat, bezeichnet er sich als wertvoller Mensch. Das Telefon läutet, Kottan hebt ab. Hat es ihn nicht eben am rechten Unterarm gejuckt?
Es handelt sich um eine lakonische Mitteilung. Erwin Haumer hat sich nicht den Kopf an der Zellenwand zerschmettert, er hat sich vergiftet. Das noch nicht identifizierte Gift befand sich in den Krücken. Den Gips, eine Attrappe, hat Haumer wahrscheinlich selbst angefertigt. Kottan bleibt unbewegt neben dem Telefontischchen. Seine Frau kommt ins Vorzimmer.
„Kommst du nicht herein?“ fragt sie.
„Gleich“, sagt Kottan.
„An was denkst du?“
„An nichts.“